KB178928

어둠 속의 시

어둠 속의 시

1976-1985

이성복 시집

열화당

서序

1976년부터 1985년까지 씌어진 이 시들은, 첫 시집 『뒹구는 돌은 언제 잠 깨는가』와 두번째 시집 『남해 금산』의 시들과 같은 아궁이에서 태어난 것들이다. 대부분 발표되지 않은 시들이지만, 발표된 뒤 당시의 여러 사정으로 간행되지 못한 시들도 다수 있다. 이 시집은 앞선 두 시집과 결합하여 하나의 '퍼즐' 혹은 부절符節을 이루는 것으로, 이로써 참담했던 한 시절이 온전히 되살아나게 되었다. 깊은 어둠 속에 잠들어 있던 시들을 고이 닦고 감싸 아름다운 책으로 염殮해 주신 열화당에 감사드린다.

2014년 7월
이성복

차례

1977

1978

1979

1980

1981

1982

1983

1985

1976

볼모의 시

성탄 전날 밤,

시詩는 죽은 기생충들과 함께

여물지 않은 못자국에 유폐되었다

동종銅鐘의 내부

당신의 발꿈치가

마리아, 마리아의 대음순大陰脣을 난타한다

체온이 부족한 사내들과

색色이 센 계집들이

케이크 위로 몰려 다닌다

십자十字로 자르자

암편岩片이 튀며 흰 게거품과

내 입술이 섞여 나왔다

정든 유곽에서

당신은 내 발가락 속으로 파고들어 옵니다.
청초하던 내가 단풍듭니다.
당신은 내 발가락 속에서 교태부립니다.
그러나 이 동네 바람이 내 귓밥을 핥고 있지요.
당신은 내 발가락 속에서 무좀일 뿐입니다.
나는 언어를 연마하지요,
선배들과 후배들과 함께
창녀의 숯불 같은 자궁에서.
간혹 종아리가 띵띵 부어오르도록
언어는 맹독입니다. 당신은 내 발가락 속에서
소설을 쓰지요. 적나라한 파국은 내가 책임져야겠지요.
당신은 신입니다. 무좀의 신입니다.
무좀의 은총입니다. 당신은 내 눈에는 파고들 수
없어요. 내 눈동자와 겨루어 보세요.
당신이 내 발가락 속에 있기 때문에
나는 언제나 현명합니다,
자 이만 저승으로 가세요.

내 발가락 뜯어 먹으며 가세요.

당신은 내게 봉사해서는 안 됩니다.

나를 미워하세요.

검시 檢屍

1

보이지 않던 날카로운 뼈가
찡 울리며, 노란 물소리와
별빛이 마른 살을 돌아다니고
살가죽은 가렵고 피는 검붉게 탄다
심장으로 돌아오는 허연 재
가벼운 위장이 살짝 떠오르며
쑥대궁 하나 목구멍을 빠져 나간다

2

썩어 가는 내 성기性器가
깜부기처럼 외롭게 살아 있을 때
바람아, 내 배꼽을 열고 들어와!
허벅지엔 누룩곰팡이의 잔치판
내 입술에 침을 뱉어라
어느 여자도, 어느 여자의
하얀 발도 유혹할 수 없도록

아무도 입회入會하지 마라
썩으면서, 썩어 가면서
부르튼 항문으로 해산解産하련다

3
만취한 후 나는 눈을 버렸어
사물들은 캄캄하게 나를 만나 어깨동무했어
절망할 이유가 없었어, 절망하지 않아도
살肉은 기쁘고 피는 달고 깊은 눈 속에서
물고기가 뛰어다니지 내 아가미로
뜨거운 노래가 나오네
나는 눈을 버렸으니 보이지 않고
보지 않을 것이므로 느낀다네,
사물들의 신음呻吟과 비린내를
나는 돌아오고 있었어
달구지와 해와 어린애와 함께
그대 내장 속으로, 나는 만취하여도

내 정신은 떡잎 그대로 흔들리지 않고
나는 투명하게 잘 테야, 바라며
분노하며 바람개비처럼 빨리 꿈꿀 테야
투명하게 잘 테야, 나는 잠들지만
그대 눈 떠 내 꿈을 보고 꿈이 되어야……

시월에 흩어진 노래 하나

오래된 집과 날지 못하는 길들이
그대 없는 틈을 타서
맴돌고 있어요, 이리 떠날 수 있나요

그대 없는 틈을 타서
여자는 남자의 굵은 목소리 속에
몸을 감추고 오동잎처럼
뚝뚝 떨어져요, 어디 바람이 불었나요

어제 저녁 들에 나가 염병 들었어요
이 가벼운 발광發狂을 용서하시고
내 이름을 부르며 내 죽음의 생가지를 흔들며
소름 끼치는 그대 나타나세요
그대 발아래서 솟구칠래요, 지금은 발정기發情期 아녜요

그대 축축한 눈이 한번 부릅떴다가
완곡하게 흘러갑니다

시월에 흩어진 노래 둘

눈을 꼭 감고서
얼핏 닿은 입술이 다른
입술을 삼키고
그대의 지느러미는
내 혓바닥 아래 놀고 있다
그대 전신이 가라앉아 뻘에 묻히고
그대 전신으로 내 마음의 빛이
아우성하며 굴절하며 이르기까지
청색시간, 뛰어오르는 파문
내 입술이 불타도록 그대
아직 솟아오르지 않고
수초水草들의 춤,
물 껍데기에 돋는 두드러기

시월에 흩어진 노래 셋

그대 끈끈한 힘으로 내 살갗을 흘러내립니다
내 황홀한 홀몸 안에서 불티가 일어나며
새 울음소리, 번쩍이는 들꽃이 어울리지요
나는 알지 못합니다, 내 꿈과 수치가 타오르는
동안, 어떤 훌륭한 시간이 진흙바람이 되고
떨고 있는 성기性器가 어떻게 일어서야 할지
나는 보지 못합니다 그대 살갗에 나는 잠시
불결하게 비칠 뿐, 그대 두근거리는 힘이여
그대 내 품에서 다른 남자와 놀아납니다

시월에 흩어진 노래 넷

이 가난한 밤에도 그대는 내 곁으로 와서
젖꼭지뿐이다 내 살을 부비며 톡톡 쏘며
이 밤도 나도 외로워서 진실이 아니라고,
시詩도 죽음이라고 속삭인다 죽음이 얼마나
간곡하고 두꺼운지를

이 가난한 밤에도 그대는 속임수 없이
내 살을 가로챈다 수없이 많은 손을
가지고서 한 번도 풀어 놓은 적 없는 그대
순간마다 돌출하고 힘차게 유연해져서
불빛 한 가닥에도 이글거리는 그대

그대 젖꼭지를 다른 사람에게 주라,
내 허벅지가 새순 돋으련다
혼자 밤새움으로 내 가슴 단풍들 때까지
그대 속삭이지 마라, 속삭이지 않아도
내 젖꼭지에 불꽃 오른다

1977

연가

네가 가진 죽음 하나 나 줄래?
친구들 친척들 보는 앞에서
마늘처럼 쪼개 볼 수 있는 죽음 하나 나 줄래?

네가 가진 죽음 하나 나 줄래?
꿰뚫린 입술로 핥으면
달콤한 피 맛 나는 죽음 하나 나 줄래?

나는 네 사타구니로, 너는 내 사타구니로
빠져나가, 가장 순결한 성기性器 앞에서
우리 만나 볼래? 부둥켜안고 울어 볼래?

너는 고개를 끄덕인다
인형처럼, 규칙적으로 끄덕인다

꿈결에

꿈결에, 너의 몸을 오르면
새콤한 젖꼭지 끝에
유산균이 번식하고
축축한 내 몸은 난로처럼 달아오른다

몸이 달아올라,
몸이 시달려 닳고
노래는 썩은 요도尿道에서 터져 나오지

오, 네 엉덩이를 빌려 줘
나는 너무나 뾰족하여
문드러지고 싶구나, 문둥이마냥
문드러져 꽃피고 싶구나
오동나무 끝에서, 오 휘날리고저,
천국의 아이들처럼, 새털구름처럼

익사

어떻게 그녀의 엉덩이가
내 무릎 위로 올라왔는지 모르겠습니다
벌어진 호박꽃 속으로
독벌이 기어 들어가
뿌리까지 마비시키듯이,
내 손은 그녀의 머리채를 따라
흘러내렸습니다
앞가슴 골짜구니에서는
그녀의 영혼을 만났습니다
무슨 일이 일어났는지 알으켜 드릴까요
그녀의 풍만한 영혼이
살며시 나를 업고
배꼽을 지나,
내장에 흐르는 레테 강물 속으로
집어 던졌습니다
내 몸이 퉁퉁 불어 떠오르기까지
십 년인가, 이십 년

쉴 새 없이 번개가 쳤습니다

배신

우리는 어디에 있는가
나무의자에서 그녀가 일어난다
내게서 떨어지라, 문지방을 넘어서는
엉덩이가 놀라 웃으며 비틀거린다

그녀가 아주 가 버렸을 때
파리 몇 마리가 내 귓바퀴에 알을 깐다
나는 이를 악물고 참아낸다
누군가 돌아와 줘야 한다

그녀가 나를 안아서 창턱에 누인다
얼굴이 마른 가죽처럼 벗겨진다
춥다, 창유리에 번개가, 번개가,
밤의 강력한 전압이 내 손바닥에……

그녀의 불타는 골격을 포옹한다
포옹하면서 딴생각을 한다

다른 여자를 먹어야 한다, 여전히
여러 날 배가 고프다

명상
카미유 클로델의 두상

아득한 곳을 바라보다가
조바심하던 애인을 놓치고
나는 혼자 남았다
어릴 때 무서움을 안겨 주던
밤길과 골짜기, 분홍구름들이
나를 에워싸고
이제 변화는 끝났다고 속삭인다
그들의 말조차
금속파편처럼
내 몸을 상처내는지 모른다
오랫동안 두 눈으로부터
강하고 푸른 애욕이
쏟아져 나와 지금
나는 우유가루처럼 부드러우니,
또한 돌이 되어 버린
살갗 외에 아무런 옷감도
내겐 남아 있지 않으니,

이제 꿈꾸어도 당신은
나의 몸매와 겹치고
무심코 바라본 산과 잠자는 물,
움직이는 집들이 나를 동경한다
그때마다 거친 대석臺石 위에서
그들을 향해
내 얼굴은 흐른다

황홀
브라질산 흑인 남녀의 커피 선전

등 뒤에서 그대는 가볍게 내 모가지를 감는다
부드러운 척추로 그대의 눈총을 느끼며 내 몸은
무거워 간다 목구멍까지 차오르는 사랑의 바다,
폐선廢船처럼 나는 가라앉는다, 그대 품 안 가장
깊숙한 뻘밭까지 그대는 침을 삼키며 다시
한 번 내 가슴을 끌어안는다 그대의 국부局部가
부끄럽게 닿으며, 아슬한 우리들 사이의 거리는
마비된 혓바닥 아래 포도알처럼 터지고
그 아린 단맛에 스치어, 그대의 두 팔이
불등걸마냥 타오른다 부르르 떨며 한 번 더
그대는 나를 부둥켜안지만, 나는 벌써 그 자리에
없다 맨드라미 소름 끼쳐 돋아난 욕망의
둘레를 사뿐사뿐, 빙그르르 돌고 있을 뿐,
그대의 몸이 벌겋게 익어 터져 진물 흐르기까지
우리들의 씨알은 익어 가고 있다

제망매가

잣나무 흔들어 누이를 떠나보냈어도
열두 살의 죽음은 나를 돌보고 있다,
웃음 속에서도, 살비듬 속에서도.
실눈을 뜨면 죽은 누이가 깔깔대며
떨어진다. 얼마나 많은 꿈과 번개가
겁 많은 너를 놀라게 했니?
하얀 피 흘리며 황홀을 던지는 누이야,
타관他關을 쏘다니던 빛들이 돌아와
입술보다 예쁜 네 발을 핥는구나.
누이야, 죽은 풀잎아, 네가 흐느낄 때마다
바윗돌은 지느러미 없이 헤엄치고,
꿈틀거리는 강은 푸른 재가 되지.
보채지 말고 일어나라, 잠꾸러기야.
그림자들만 사는 어둠의 들판을
오래 헤매어라, 신발도 애인도 없이.

시인

말이 바람 불어 오는 행간行間에서
이제 막 그는 눈을 감았다
어두운 자궁 속 태아처럼
몸을 웅크리고
바람이 가는 방향으로 날아가다가
바람 멎는 곳에
정액을 쏟을 것이다

그는 안다, 영원을 간직하려면
우연과 입 맞추어야 하고
입맞춤 뒤에는
말을 따라가야 한다는 것을,
나비 날개 위에 꽃가루처럼 묻히어……

어느 날 그가 쏟은 정액에서
흰 철쭉꽃이 걸어 나와
재롱을 떨 것이다

험상궂은 바위와 개울물과
엉경퀴들이 손뼉을 칠 것이다
그는 보지 못한다, 즐기지 못한다
그러나 철쭉꽃이 질 때쯤
그는 다시 나타날 것이다
우울과 권태로 일그러진 우리의 입에서
다시 꽃피기 위해

자화상

지금 나의 얼굴은 거울 속에서
고요에 물어뜯긴 채
한 마리 바람난 말처럼 날뛴다
이 북새통에 과거는
미래까지 눈 내리고
모든 땀구멍에서 눈물이 용솟음친다
점령되지 않은 땅은 없다
기약 없는 구원을 위해
귓구멍은 비어 있고,
기름 끓는 두 눈의 웅덩이에
곤충들이 몰려와 죽는다
골수로부터 강한 허무의 파동이 오면
안면에는 지진이 일고
끈끈한 울음이 목구멍을 차단한다
슬픔 나부랭이는 증발한 지 오래,
깨물고 삼키고 게우고
다시 한번 불꽃 같은 혀로 맛보는 기쁨,

곤두선 머리카락 끄트머리마다
뱀딸기꽃이 피어오른다

백치

사람들은 계교計巧를 써서 나를 불러냈다
그럴 수 있는 일이다, 내게 그들의 조바심보다
더 많은 사랑이 남아 있으니, 그러나
언젠가 나도 그들처럼 불쾌해 봤으면,
화를 낸 뒤에도, 화를 냈기 때문에
더욱 우둔해질 수 있다면야……
도대체 내가 그들처럼 되고 싶어도
그들은 신神처럼 나를 떠받들거나 조롱하고,
그들이 마음껏 웃고 싶으면 강제로
나를 불러 괴롭힐 뿐, 그러나 나는
슬퍼해서는 안 된다 내 표정을 본 그들이
나보다 더 우둔하다는 걸 알면
그들 중 아무에게나 내 자리를 내줘야 할 테니
그들이 따귀를 갈기고, 부르튼 따귀에
오줌을 싸도 나는 울지 않는다
내가 울면 그들이 후회할 기회가
없어지고, 흥겹게 울고 나서 회개하는

기쁨을 가로채게 되니, 나는 아마 나보다
몇 곱절 어리석지만 줄곧 잘난 체하는
신에게나 화풀이할지 모른다, 하지만
그건 막연한 내 생각일 뿐
그 놈의 신밖에 알지 못하리라

어느 상대주의자의 고백

사람들은 이렇게 이렇게 하면
상대주의에 빠진다고 말한다
그래서 나는 상대주의에 빠졌다
우리 집 담벽이 점점 뻗어나가
지평선 아래로 떨어지고
문지방과 서까래가 성냥개비만 하게
보이는 꼴을, 나는 보았다

우선 내가 외로웠다고 하면, 그대는
변명하지 말라고 나무랄 것이다
별이 총총한 밤하늘에 말라빠진
그 몸 하나 심어 놓지 못했느냐고,
내가 외로웠다고 말하지는 않겠다
외로움조차 이미 내 사지四肢를 흘러간 것인지……

사람들은 이렇게 이렇게 하면
상대주의에서 빠져나올 수 있다고 말한다

한 번 속아 본 나는 그 말을 믿지 않는다
그저, 희멀건 눈 치켜뜬 꽃들이
몽상하는 잔디밭을 바른손으로 꽝 친다
꽃들이 바르르 떨다가 주저앉는다
아무것도 잔디밭에서 빠져나가지 못한다
나도 어떻게 빠져나가야 할지 모르겠다

아이의 울음

일그러진 입에서 한 타래 울음이 풀려나오기 전에
아이는 도도하게 우주의 움직임을 정지시킨다.
한 울음을 낳도록 별과 세균과 하느님까지 일손을
멈추고, 팽팽한 풍선처럼 정적靜寂으로 부푼 우주가
첫 숨의 울음에 파열하려 가슴 조이며 긴장한다.
아이의 울음은 빠르게, 선명하게 흘러나온다,
누군가 내던진 작살에 매여, 시간과 중력의
벽을 뚫고 빛나는 어둠의 염통에 꽂히기 위해.
뒤늦게, 위로와 기쁨이 울음을 쫓아 달려가지만
한 번도 따라잡아 함께 돌아온 적 없으니,
솟구치는 어둠의 피로 제 얼굴이 물들 때까지
아이는 울음을 멈추지 않고,
아이의 두 눈에서 깨끗이 목욕한 하늘과 땅은
다시 더럽혀지기를 기다린다.
때때로 세상 끄트머리까지 나들이 간 새들이
오래전에 끊어진 울음 한 파람을 물어 와
어른이 된 아이에게 무지개를 만들어 준다.

친화력

밀짚으로 아이들이 불어 올리는 비눗방울이
햇빛에 가리어 보이지 않는 어느 별 하나를
조심조심 끌어당기며 자라나다가
숨 막히는 그리움의 막다른 골목에서
그 별을 따라 둥둥 떠나가고
비눗방울에 이끌려 간 아이들의 눈망울도
되돌아온 적 없듯이, 병과 사랑이
우리의 축축한 입을 찾아올 때면
우리의 여윈 몸은 한 아이의 숨결을 머금고
작은 비눗방울이 된다 우리가 떠 있는
대기와 풀밭은 티 없이 깨끗하고
눈앞에 어른거리는 낯익은 윤곽들이 하나씩
지워지며 점점 희미해질 때, 우리는
햇빛에 가리어 한 번도 보이지 않던
어느 얼굴을 꿈꾸며, 소리 없이 부르며
닮아 가다가, 한순간 대수롭지 않게 떠나간다
그 얼굴이 당기는 무서운 힘에 이끌려,

사랑하는 사람들과 다감한 사물들의
눈망울을 이끌며, 다시 돌아오지 않을 것이다
햇빛의 서릿발 같은 주름을 지나 어둠의
허파 속에 싱싱한 포도알로 매달리거나,
밤마다 무리지어 노는 또 다른 별이 될 것이다

내가 모르는 말 하나로부터

내가 모르는 말 하나로부터 화염을 날리며
새는 날아 오른다 네가 버린 말 하나의
껍질을 깨고 구더기는 화염을 마신다
우리들의 닳아 문드러진 신발 뒤축에 붙은
누군가 씹다 버린 껌, 그 끈적한 말로부터
내일의 세상은 떨어져 나온다
새는 날아가고 구더기는 죽고,
내일의 세상이 쓰레기통에 버려져도
아무도 그 말을 찾지 않는다 그러나
누구나의 뱃속에 막창자꼬리처럼 달려 있는 말
돌과 못과 사금파리와 머리카락을 먹고 사는 말
우리가 찾지 않으면 우리를 괴롭히지도 않는 말
화장실 휴지처럼 마음대로 뜯어 쓸 수 있는 말
익명의 남녀들의 똥오줌에 흠뻑 젖은 말
하늘도 밤도 나무도 알지 못하지만 늘상
중얼거리는 말, 아무도 그 말을 찾지 않는다

성탄미사

지금 공포는 벽에서 우러나온다, 내 아버지와 아버지가
만지는 주판珠板과 주판의 음악과 함께. 나는 내가 어디서 왔
　는지
모른다. 아버지는 나보다 늦게 나타났다. 오 아버지 너무
늦었습니다. 아버지가 내게로 오기 전에 공포는 사타구니까
　지
흘러들었다. 나는 내가 어디서 왔는지 모른다. 나는 내 탄생
　을
모르지만 죽음의 여러 풍습들만은 안다. 한 아이가 차올린
　공이
사람들 눈에 잠시 어리듯이, 나는 사자死者들 눈에 서성거리
　다가 잠드는가?
잠자다가도 내 손은 벌떡 일어나 욕지거리하며 문밖으로 나
　간다.
혼자 바깥에 서 있던 손은 슬픔에 입 맞추는 기쁨을 바람에
　뿌리고,
덩달아 따라 나오는 아버지의 흰 손, 아버지의, 그 아버지의

흰 손,

쫓기다 보면 내 손은 그들의 늙은 손을 사랑하고 있었는지 모
　르른다.

그러나 지금 잠든 나는 어디로 갈지 모른다. 몸의 뒤편에서
　낄낄거리는

마음의 죽음, 크리스마스 이브의 정전停電. 노는 자도 놀지 않
　는 자도

내 눈썹 밑으로 굴러 떨어진다. 우러나온 공포에서 벽이 나
　타난다.

다정한 벽, 공포보다 더 지독한 공포의 부재. 죽음보다 더 난
　폭한

죽음의 행방불명. 아버지, 제 혈관 속을 떠도는 저주咀呪를 꺼
　내 주세요.

노인

내 나이 986세, 의인義人 노아보다
더 오래 살고 있다
평일엔 시내로 오입하러 나간다
돈을 치르고 사정射精하다가
한강철교가 끊어지는 꿈을 꾼다

용케도 무사히 돌아온다
착한 소녀들의 기도 덕분이다,
내가 살고 있는 땅의
하루살이들을 위한⋯⋯
덩달아 나도 안녕!

잠 안 오는 밤에는
공중에 썩은 달걀을 던진다
깨어지면서 내 뺨에도
썩은 피가 흐른다
비가 와서 피를 씻어 가 버린다

무대감독이여,
이젠 연극을 그만두자
아니면 자네도 이 재미없는 연극에
한 몫 끼이는 게 어때?

아, 제발
죽음의 열매를 따 먹고도
살아나는 건방진 이 육체를,
육체의 마른 불을 자네가 직접 꺼 줘!

1978

유년, 1959

먼 친척 누이는 감나무 밑에서 곤히 자고 있었다
내 또래 아이들이 살금 다가가 팬티를 내리고
밀짚 끝으로 찔렀다 누이의 손은 감나무 그늘에 묶여
떨어지지 않았다 누군가 또 한 번 세게 찔렀다
눈이 물컹거리고 입이 가려워 나는 귀를 막았다
아무 소리도 들리지 않았다 여름이 가고 겨울이 왔다
내 또래 아이들이 굶어 죽은 산토끼를 주워 왔다
십 원을 주고 내가 샀다 뒷간에서 팬티를 내리고
죽은 산토끼를 다리 사이에 끼었다 누군가 소리쳐
나를 불러도 대답할 수 없었다 이십 년 후 아직
나는 뒷간에 서 있다, 먼 친척 누이가 벌떡 일어나
뻣뻣이 굳은 나를 넘어뜨리기까지 나는 누이의
여름을 훔쳤고 누이는 나의 겨울을 잠자고 있다

소년시절

누군가 자꾸 하모니카를 불어
호박이나 앉은뱅이처럼
나는 또 변경에서 쭈그리고 있다가
나처럼 기다리는 사람이나 기다리다가
마음과 몸 사이, 아득한
낭떠러지나 살피다가
오관五官에서 흘러나오는
죄와 피의 노래를 따라
한 마리 딱정벌레처럼
미끄러운 하늘을 기어 다녔다
나무뿌리, 잡풀, 매미 껍질과 함께

거리에서 하나

나는 보험카드를 품에 안고 건물은 피뢰침을 달고
철탑은 광고와 현수막으로 옷 해 입고, 불행하지 않다
불행은 오락기 속에서 낮잠 자는데 전쟁놀이나 해 볼까,
즉심에 회부되지 않을 정도로, 그러나 양주洋酒와 함께
내장으로 내려가는 공포, 꼭꼭 숨어라, 머리카락 보인다
땅을 날고 시를 쓰고 이불을 태우고 재가 되어 네 눈을
덮으면 너는 나를 기억할까, 고성능 스피커는 나의
숨결을 소독하고 심장의 격벽을 무너뜨리는데, 나는
내가 움켜잡고 쓰러뜨리는 것이 무엇인지 모른다
날아가는 새들에게 돌 던지고 재롱 피우는 아이들을
목 조르고 교미하는 남녀를 묶어 생매장해도 너는 날
사랑하지 않는다 짓무른 시간, 살충제 뿌린 뇌수腦髓, 언어는
오래전 벌레 먹은 열매, 내게는 종鐘도 총도 없다 너는
언제 내게서 흘러나올까, 게거품 물고, 맥주나 콜라처럼

거리에서 둘

성냥갑 속의 성냥개비들,
인형 앞의 자동인형들 유순하여도
나는 혼자다, 나는 살아 있다
이른 저녁을 사 먹고 차까지 마셨다
빨리 내가 이 거리를 못 벗어나는 것은
눈먼 그대가 팔짱을 끼기 때문이다
여러 번 가로등에 부딪혀 욕 먹는 것도
눈먼 그대가 팔짱을 풀지 않기 때문이다
조금씩 사랑한다, 바지에 링을 찬 세상
조금씩 발정한다, 눈물보다 빨리 흐르는 정액
태어나지 않은 아이들은 자살 못 한다
타살의 행운도 없는 녀석들,
터벅이는 발바닥에 잠이 오면
늙은 노을한테 장가나 들까
팔리지 않아 썩지도 않을 계급
안다, 조심스럽게, 아는 것을 까먹는다
복수腹水 찬 해日와 손잡고 미끄러지며

아크로바트 하나

게르망트 쪽으로, 말죽거리 쪽으로 내 영혼은
군가를 부르며 끌려가고 행복한 육체가 남았다,
하늘에도 평화! 타협과 도피, 협잡과 피로 너머
수염은 자라고 틀어막은 귀를 비집고 들어오는
가시나무와 뇌막염 앓는 아이의 울음, 발톱은
부러지기 전에 깎여 버리고 음모陰毛는 수군거리다
예고 없이 빠져나간다, 땅에도 평화! 죽은
누이와 죽은 나는 어디서 만날까 가려운 살이
벗겨지고 항문과 음부 사이 구별이 없어지고
배꼽에 들국화 필 때, 울음은 땀구멍에, 눈물은
겨드랑이에 스밀 때, 시계와 주민증을 잡히고
여자를 사서 복상사할 일이다, 인육人肉에도 평화!

아크로바트 둘

풀밭에서 뛰노는 불붙은 아이들,
떨어진 가슴을 발로 차올리고
아무도 보지 않을 때 내 가슴은 허공에 멎는다

절망이 오기 전, 정맥과 동맥이 합선한다
절망이 오기 전, 느릅나무가 흔들리고
고양이는 창턱에 올라선다

사타구니에서 관棺이 나올 테지,
기름진 물결 따라 물거품 뒤집어쓰고
방주方舟가 나타나겠지

절망은 온다, 새들은
시야를 뿌리치고 날아간다
한때는 푸른 열매, 한때는 뱀알이었던 새들

절망은 온다, 입속에서는

노래와 가래가 혼례를 치르고
먼 나라 빙하호가 넘쳐 흐른다

돌아오지 않는 강

강바닥에 물은 흐르지 않고 강바닥에 붉은 해 떨어져 고름 흘리고 무꽃과 배추꽃, 파꽃이 서로 다른 음색音色으로 피어나고 멀리 느티나무 씨앗 번지면 머리만 남은 강이 몸을 뒤챘다 무꽃과 배추꽃, 파꽃이 과자 공장 비스킷 냄새를 맡으며, 히히 웃으며…… 멀리 다리를 지키는 군인들, 기타를 치거나 역기 들다가 물뱀이 되고, 모가지 세운 채 웅덩이 찾아오기도 하고 (수심水深 모르는 아이들 해마다 빠져 죽는 곳, 철없는 민물조개들 기어 나와 아이들 손에 잡히기나 하고) 멀리 과자 공장 계집애들 산보 나왔다가 빨래집게처럼 강을 물고 늘어져 보기도 하고, 갈 곳 없는 물고기들 죽은 아이들 가슴에 알을 깔 때, 한삼덩굴은 전봇대를 에워싸고 힘껏 조였다

1978년 10월

1

1978년 10월 내가 생각하기로 이제
개인은 없다 있다면 연약한 핏덩이가,
짓밟힌 빵 조각이…… 어느 시대나
미아와 백치가 있었지만, 지금처럼
아름답게 보인 적은 없다 1978년
10월 영등포 역전에서 시흥 쪽으로
못 쓰는 철길을 따라가 본 사람은
알 것이다. 삶은 주민등록증 크기로
비닐포장 되었음을 감탄할 것이다,
제분공장과 니나노집이 이토록
가깝고, 지나가는 사내와 손짓하는
계집들이 이토록 호흡 안 맞음을

2

나는 기억한다 아저씨, 같이 가도 돼요?
누이는 덥석 팔짱을 끼었다 그래 가자

삼단요 펴진 네 방으로, 그래 나는 실연했다
그래 나는 되풀이했다 씻고 쑤시고 아니고,
먹고 자고 아니고, 쏟고 마시고 아니고, 쏟고
쏟고 또 쑤시고…… 꿈결 같은 숨 가쁜 장난,
나는 기억한다 나는 뭐예요? 언제 좋은 생활을
할까요? 누이는 어둠 속에서 버둥거렸다

모래내 시편

1

아무도 없고 아무도, 비에 젖어 빛나는
철길, 귓전을 때리는 파도소리, 마음
속에 생겨나는 거리, 아무도 없고 아무도

찢긴 포스터, 살아남은 영문자, 문드러진
코, 아무도 없고 아무도, 얼어붙은 유리창,
유리창을 두들겨대는 굳어 버린 손가락

매일 아침 다리 밑에서 꺼내지는 견고한
시체, 아무도 없고 아무도, 나는 말 못 한다,
내 거짓 시詩에 취해, 곤한 잠에 실려 가는
삶의 부릅뜬 눈, 그 눈이 말하려던 것을

2

미칠 듯이 괴롭지는 않고, 괴롭고 시詩도, 시라면 혀를 차는

어머니도 속는 사람도 속이는 사람도 이토록 가깝고 거짓말도
참말도 열변도 눌변도 의좋은 오늘, 나는 고장난 것이 아닐까
아주 괴롭지는 않고, 괴롭고 오래된 속옷처럼 고이 삭아가며,
시든 배추 잎처럼, 텃밭에서 샛강으로 예사롭게 흘러들며
오늘 나는 고장난 것이 아닐까 스쳐 가는 노을에 일일이
물들어도 깨진 적 없는 나, 내가 배운 것은 함부로 찌르고
찔리는 일, 길게 찔려도 미소짓는 일, 바위틈에 숨어 담배를
피워 물면, 미혼의 누이와 가을꽃들이 벼랑에서 흔들린다

아, 오늘 내가 살아 있는 건 참 신기한 일이다 조금만
더 기다리면 하늘 푸른빛으로 확 풀려 버릴 일이다

3

세상 어느 바위틈에도 우리는 달라붙었다
부끄러움과 갈 곳 없음이 뿌리를 뻗어
때로 바위를 가르고,
때로 우리의 맨발이 물 위에 너풀거리고,

있을 수 없는 곳에 잡혀 있었다, 버릴 것도 없이

벽보를 붙이거나
노리개를 팔거나
모래를 퍼 올리거나,
동시에 해는 지고
동시에 어둠이 왔다

세상 어느 물결 위에도 마음이 가면
우리들의 집, 끝없는 명절
우리들 가운데 누구는 울고 누구는 웃어도
삶이여, 놀이여, 무한창공의 깃발이여

4

금지된 길을 되돌아 불 꺼진 마을을
가로지르면 나는 가을로 깊어 간다 끊임없이
물들어 떨어져 내리는 너희, 나는 지나가는

너희 마음, 너희가 철길일 때 나는 반사하는
달빛 너희가 막국수로 배를 채울 때 나는
사라지는 허기 너희가 점점 더 추워지면 나는 또
눈 내려 얼어붙은 땅과 이삼 일 포옹할 것이다

물개 뛰노는 북양北洋 넓은 무덤에
마음아, 언제 가려니?

어머니는 말없이 밥을 짓고 누이는 음악을 듣지만 나는 매음
賣淫을 동경하는데, 작년의 꽃들이 소곤거린다. 몸이 녹아 흐
른다. 왜 우리는 집이 없는가. 집을 마련하는 데 얼마나 돈이
드는가.

마음아, 물개 뛰노는 북양 넓은 무덤에 언제 가려니?

아무것도 없고 아무것도 마음 깊이 비치기만 할 뿐, 몸은 고
요히 아파 물결 일고. 지나가며 병은 노래를 남기지만, 나는
노래를 따라 부를 수 없고. 소리쳐 이름 부르면, 피 흘리며 다
가오는 사람들.

마음아, 물개 뛰노는 북양 넓은 무덤에 언제 가려니?

바둑판 위에 집을 짓고. 또 허물고. 바둑판 위에 시詩를 적는
다. 먼 나라가 다가온다. 길은 집 안으로 들어가 문을 잠그고,
창문은 모퉁이로 돌아눕는다. 뜰 앞 엉겅퀴 한 묶음이 하늘을

흔들 때, 늙은 정신박약아는 쓰러진다.

물개 뛰노는 북양 넓은 무덤에, 마음아, 언제 가려니?

고향 감나무는 해마다 작아지고 배고픈 개가 짖지 않는다. 가슴 위 상처를 도려내고 구멍 속으로 들어가면 옛날 꽃나무는 돛을 펴고 멀리 떠나고. 아, 울고 싶은 손가락들 옆에 손가락이 하나 더 생겼다.

마음아, 언제 물개 뛰노는 북양 넓은 무덤에 가려니?

조금씩 잎파랑치를 탈색하고 눈을 봉하는 즐거움. 누이에게 용돈을 주고 바위에 얼굴을 비춰 보는 기쁨. 남의 옷 단추 구멍 속에서 목을 흔드는 즐거움. 조금씩 죽음을 씹으며 독침 하나 키우는 기쁨.

물개 뛰노는 북양 넓은 무덤에 마음아, 언제 가려니?

몸

몸, 눈물이나 정액이나 담즙보다
더 깊은 곳에서
몸이라 불렀을 때
황급히 튀어나오는

몸, 눈물이나 정액이나 담즙 같은 것들
다 섞어도
만들어지지 않는,
깜짝 놀라 밥만 먹는

몸, 구둣발에 짓이겨지는 잔디
아직 깨끗한 것들은
교활하지 못해 비겁하고
그림자만 스쳐 가도 자지러지는

몸, 이건 개구멍인가 참새 주둥인가
통금 지나면

쏟아지는 차임벨과 염불소리
병病은 잠시 바람 쐬러 나가기도 하고

몸, 물 한 모금 마시고
하늘 한 번 보는,

몸, 살짝 꼬집어도
피 흘리는
몸

1979

시

한 노인이 조랑말을 데리고 강변에서 살았네
다리를 지키는 군인들이 우리 길을 막았네
아무도 노인의 말을 들어서는 안 된다는 거였어
노인의 조랑말은 점점 작아졌네
뼈만 남은 노인은 실성해서 마구 지껄였고
우리는 노인의 말을 듣기 위해 몰래
강물 속으로 뛰어들었네 그런 일이 있었네

글짓기 하나

그는 운전수다 그의 삶을 운전한다

그는 운전수다 산꼭대기 사글셋방에 산다

그는 운전수다 산꼭대기를 운전한다

그는 말이 없고 침착하다

사고도 말없이 침착하게 일어난다

그는 사고를 낸다 치료비도 내야 한다

그는 돈이 없다

처제의 월급을 가불하러 간다

그의 아내는 운다 그의 처제도 운다

그의 딸은 깔깔 웃는다

그는 돈을 빌린다 그걸로는 모자란다

아내의 금반지가 돈 위에 얹힌다

그래도 모자란다

그는 운다 그의 삶도 운다 좋은 날씨다

그는 운다 그의 눈은 눈물그릇이다

그릇이 깨지면 운전을 못 한다

그의 머리는 생각한다 그의 손은 생각한다

그의 구두도 생각한다

그는 이제 안 운다 너무 많이 울었기 때문이다

그의 아내는 아직 운다

그의 처제는 바빠서 못 운다 그의 딸은 웃는다

그는 운전수다 그의 고통을 운전한다

아내와 처제의 고통은 운전 못 한다

그의 딸은 깔깔 웃는다

글짓기 둘

〈열다섯 살〉 열일곱 살이에요 거짓말 아니에요
〈하루 종일 굶었다〉 네 눈도 배고프구나 먹어라
〈삼 년 전에 집을 나왔다〉 미아리에서 구두를 닦았어요
〈네 살 때 아버지가 돌아가셨다〉 의붓아버지 집에 살았어요
신정동 양덕초등학교 오학년까지 다녔어요
―어디로 갈 거니? 누나 집에요 몸도 안 씻고 가니?
씻을 거예요 씻으면 되지요
―무얼 할 거니? 마음잡고 일을 배워야지요
누나가 도와 줄 거예요
―왜 집에 안 가니? 아버지한테 잘못한 게 많아요
인천시 남구 용현2동 노완호,
버스를 타고 너는 손 흔들었다
거짓말? 흔들리는 손바닥도 거짓말?
거짓말로 빵과 차비를 얻는 것까지 거짓말?

안개 속에서 나는 왜 행복한지 몰랐다

안개 속에서 나는 왜 행복한지 몰랐다
떡갈나무가 떡갈나무를 불렀다 누이는
보이지 않고…… 집들이 지붕을 접어 올리고
출발신호를 기다렸다 안개 속에서
앞서 가던 사람들 차례로 가라앉으며
아득한 물소리를 냈다 누이는 보이지 않고
……쑥대궁 쓰러지는 소리, 개 한 마리
달려 나가, 닭의 모가지를 물어뜯었다
개의 성기가 빳빳이 일어섰다 아무도 없는데
수음을 해도 좋을지? ……망설이는 동안
돌이 돌을 낳는 것을 보았다 돌이 누이를
닮아 가면서…… 누이의 뺨을 타고 눈물이
흘러내릴 때, 나는 왜 행복한지 몰랐다

마야를 생각하며

오늘 아침 밥 한 숟가락을 뜰 때 울고 싶은 마음이. 남의
울음이 먼저, 빽빽한 숲을 뚫고 흐르면서. 잊혀진 마을이.
밥알은 눈물 속에 섞이면서. 무너진 돌집과 쇠비름 칡넝쿨
엉클어진 길이. 하늘은 냇물소리로 흐르면서. 피라미드만 한
고통이. 하늘은 냇물소리로 흐르면서. 배를 깔고 엎드려
옥수수 낱알을 까먹는 아이들, 웃지 마! 하늘은 냇물소리로
흐르면서. 우물 옆, 네 명의 사내가 여자애 팔을 움켜잡고
가슴을 도려냈다. 하늘은 냇물소리로 흐르면서. 날카로운
비명이 땅속으로 깔리면서. 거기서 왜 살았을까? 왜 나고,
죽고, 나고, 죽고 살았을까? 나는 물었다, 내 울음으로 밥
말아 먹으면서. 가슴 위로 집채만 한 돌이 차곡차곡 쌓였다.

나의 삶은

나의 삶은. 문이란 문은 다 열린 집.
흐르는 깊은, 깊은 물. 다이빙과 솟구침. 물
거품. 나의 삶은 낯선 가족들과의 소풍.
가족들, 열심히 짖지만 왜 짖는지 모르는 짐승들.

가라앉으며, 서서히 가라앉으며, 웃는 나의 삶은
녹슨 칼. 무디고 무딘 칼, 나를 찌르지 못하고. 나의 삶은
비오는 허구한 날, 머리채 꼬나 잡고
이년저년 싸우는 술집 작부들.

나의 삶은. 얼어붙은 손가락, 일찍 집 나와 떠도는
아이의 손가락 하나 녹여 줄 리 없고. 나의 삶은 버스
안에서 고함지르던 실성한 사내. 사내의 헛소리. 그래도
나의 삶은 풀밭. 끝없는 풀밭을 걷는 여자처럼 예쁘고.

이 많은 괴로움

이 많은 괴로움,
길 가는 사람들이 따라 흐르고
이 많은 괴로움이 떠올리는 집들,
어머니 일어나세요, 철길 건너 개간지에
물먹은 배추가 썩고 있어요, 어지러워요
어머니, 내 구두를 벗겨 주세요
갓길 미루나무가
허연 살 드러내고 진물 흘려요
내가 그러지 않았어요, 네가 그랬다!
어머니, 시장에선 짓무른 복숭아가
누런 연기를 흘리고,
빠지지 않는 잡풀의 울음, 어머니
내 마음은 공사판 웅덩이인가요
닳아빠진 문지방인가요
구부러진 철근인가요
어머니, 내 마음은 헐벗은 미루나무
구멍 뚫린 그늘인가요,

그늘 아래 허리 굽은 노인 하나 떠나지 않고,
그 사람이 내 아버지인가요,
떠나지 마세요, 아버지
날마다 내 마음이
어두운 피 흘려요, 한 잔 드시겠어요?
드세요, 많이 마셨다…… 어머니,
아버지가 몹시 취했어요
곱게 접어 우체통에 넣을까요
대신, 돌을 주워 올게요,
부서져 이상한 무늬로 웃는 돌
목소리 고운 돌을 사랑하시겠어요, 어머니

초토일기 하나

나를 기쁘게 하는 그가 나를 미치게 한다
나를 춤추게 하는 그가 나의 살을 썩힌다
나를 키우는 그가 남을 굶기고
나를 쓰다듬는 그가 남을 물먹인다.

어린 누이를 겁탈한 그가 교회에서,
학교에서, 마이크 앞에서 가장 쓸쓸하고
다정한 목소리로 이야기한다

고통을 추억으로 바꾸는 그가
미래를 무덤으로 바꾼다
유곽을 천국으로 만드는 그가
외아들을 십자가에 세우고 읊조리게 한다.
아버지, 왜 저를 버리시나이까

버림받은 그의 외아들이
잠자는 개를 걷어찬다

걷어차인 개가 놀고 있는 닭을 괴롭힌다

초토일기 둘

어느 날 나는 사랑과 고통이 결혼하는 나라를
찾을 수 있을까 나의 밥엔 재가 뿌려지고 나의
침은 몸 곳곳의 녹물 나의 신부는 변두리 극장에서
하루 종일 죽치고 나의 아들은 쓰레기통을 뒤지는
늙은 개 어느 날 나는 종아리와 복숭아뼈 밑에
스멀거리는 구더기들을 잡아낼 수 있을까 책이 보기
싫고 글이 안 쓰이고 온갖 결심이 차례로 망가질 때
자고 또 자도 목구멍까지 차오르는 불운은 내 것이
아니다 나의 기쁨은 나의 어리석음 나의 피로는
나의 공포 나의 희망은 맨발을 짓이기는 구둣발
나의 천국은 도처 거미줄, 어느 날 나는 앞발 뒷발
가지껏 뻗고 전깃줄과 빨랫줄, 먼지 앉은 담장을
타 넘을 수 있을까 안 돼, 이 새끼야! 안 된다니까……
나는 움직이는 덫 움직이는 올무, 어느 날 나는
내 것이 아닌 불운을 먹고, 마시고, 토하고 나서
사랑과 고통이 결혼하는 나라를 찾을 수 있을까

초토일기 셋

아무것도 쓰지 못하는 날이 계속되었다 서편은 변함없이
물들었고 나는 병든 나뭇잎 속에 살았다 밤에는 예세닌의
시를 읽고 늘 푸른 자작나무를 베어냈다 자작나무여, 너
그리운 대지에 쓰러지는 기쁨을 아느냐 아무 말도 못 하는
나의 입은 음료수회사의 입이었고 나는 밥그릇에 '밥'이라고
썼다 밤마다 나의 입맞춤은 모기들에게 물어뜯겼고 내
혓바닥은 죽음을 애무하러 통곡의 벽까지 갔다 별 수 없었다
나는 밤 오는 거리의 밤이었고 우는 아이의 입이었다 어찌
그 울음을 틀어막는 손바닥일 수 있으랴 그렇지요 어머니?
어머니, 당신의 아들이 일자리 없이 떠돌고 있어요 어머니,
당신의 아들이 허구한 날 전자오락실에서 아버지를 쏘아
넘어뜨리고, 달아나 병든 나라 나뭇잎 속으로 숨으려 해요
아무것도 못 쓰는 나날, 내 괴로움 속에 목욕하시는 어머니!

초토일기 넷

아버지 저의 날들이 이리 곤비困憊하니 숨을 그늘이 없어요

아버지 저 혼자 강에 나가도 울음소리 덮어 줄 강물이 없어요

아버지 저의 잠은 꽃핀 아카시아, 이리 취해 흔들리니 잠들 수

　있나요 아버지 저의 직업은 무엇이었나요 시온 성城이 깨지기

　　전

저는 사람 고치는 목수였나요 이제 저의 아들은 애급埃及의 신神에게

　　절하고, 저의 딸은 갈대아 사람의 첩이 되었어요 아버지 올해

제 나이 쉰다섯, 이제 그만 당신 족보에서 제 이름을 빼 주세요

저의 손이 급히 산에 올라 저의 목을 조르려 해요, 아버지……

눈

그때 눈은 더럽힌 자리에서 일어나
비스듬히 떠올랐다 잿빛 산들이 구겨지고
우리들의 기억은 쿵, 쿵, 연거푸 벽을 박았다

잿빛 산들이 또 한 번 몸을
비틀고, 이윽고 차일遮日 속으로 사라졌다

우리는 강아지처럼 뛰어다니다가
부둥켜안고 눈 위를 굴러 내렸다 누군가
자꾸 셔터를 눌렀다, 치욕이 찍혔으리라

돌아오는 길에 보았다, 길옆으로 늘어선
점치는 집들과, 예언처럼 열매를 흔드는 플라타너스를
이길 수 없었다, 속눈썹에 내려앉는 죽음의 무게를

사내

1

그날 샘가에는 어떤 젊은 사내가
정성스럽게 발을 닦고 있었다 오늘
샘은 간 곳 없고 사내의 기억
속엔 흐린 물이 속삭인다

그날 사내는 처음으로 나는 기쁨을
알았다 오늘 그는 직업적으로 난다
이제 그는 안다, 덜 직업적인 새들은
절벽에 머리 박고 차례로 죽어 가는 것을

그날 그의 아내의 젖가슴은 복숭아처럼
단단했지만 오늘은 상한 냄새를 풍긴다
누군가 바늘로 찔러 곪게 한 것이다 그는
젓가락으로 누군가를 찌르는 시늉을 한다

이제 그는 안다, 사랑의 한 끝은 추문이고

다른 한 끝은 어리석음임을 안다. 아이들은
안방에서보다 닭장에서 더 잘 자라고, 그의
일가—家는 정든 시궁창을 못 떠나리라는 것을

이제 그는 듣는다. 그의 입속에서
어떤 순한 짐승이 복받쳐 우는 소리를

2

그리고 그곳에 한 사내가 살았다
담벽 아래 노란 새싹이 자라는 곳마다
어김없이 침 뱉으며 그는 살았다
푸른 목마름 위로 목이 긴 새들이 유유히
나래 칠 때까지, 달리 무슨 수가 있을까

그리고 그곳에서 그는 만났다
내세來世에서 아파트를 장만하려는 현자들과
고서화에 열 올리는 몸피 좋은 사모님들을

그의 가슴은 자꾸 얇아져 갔다
창피! 도처 유곽에서 정든 어머니 목소리

그리고 그곳에서 해가 바뀌고
흥분한 무덤들은 팽팽히 부풀어 올랐다
목에 달린 방울을 흔들며 열심히 뛰는 친구들,
얼어붙은 길바닥에 그는 서 있다, 해바라기!
—인자人子여, 네가 무엇을 원하는지 아느냐?

그리고 그곳에서 썩은 양수羊水가 흐르는
쪽으로 헛되이, 그는 손 흔들고 있었다

찬가

그들은 이상한 나무를 캐다 자기 집에 심었고 이상한 새와
물고기를 잡아 자기 집에 길렀다 그러나, 약수가 나오는 샘은
캐 옮기지 못했다 그들은 이상한 회사를 차려 놓고 사람들을
모으고 모이를 뿌려 주고 알을 낳게 했다 지겨우면 화장독
오른 얼굴을 다시 화장했다 그들은 갈수록 부어오르는 배를
감추려고 수영과 승마를 했다 그들은 한밤중에 목 놓아 우는
영혼을 코 고는 소리로 바꾸고, 워키토키로 악몽을 불렀다
그들의 구두창엔 흙이 묻지 않았다 잘 꾸민 정원과 풀장이
있는 감옥에서, 그들의 아픔은 밥알처럼 희미하고 달았지만,
그들의 양심은 걸쳐 입은 기모노처럼 화려하고 낯설었다
아, 그들과 나는 연애를 시작했다 하수구 속에 꼬물거리는
버러지들, 책벌레는 돈벌레와 결혼했다 아, 태초에 그들은
어리석었고, 심판의 날 나 또한 역동적으로 그러하리라

치욕을 위하여

1

어둠 속에서 나의 식솔들은 녹아 흘렀다
흙을 뿌려 덮어 주고

나는 큰길로 나왔다
차를 몰고 치욕이 쫓아왔다

"왜 끝까지 괴롭히니?"

차를 세우고, 두툼한 책을
뒤적이며 치욕이 말했다
"주어가 빠졌어, 빌어먹을 자식아"

2

오늘 집에 오는 길에 오래전
친구들을 만났다 그들은 내게 올가미
하나씩 내밀며 목을 집어넣는 게 어떻겠냐고,

씩 웃었다 내 시詩 속에서 언제나 술에 절어
눈 까뒤집던 녀석들, 그들은
얼어붙은 길바닥을 가리키며 내게 섹스를
취입하는 게 어떻겠냐고, 씩 웃었다
하는 수 없었다
내 혓바닥은 구두창보다 낡고
내 욕정은 부러진 칼이었지만……
한 겹 한 겹 옷을 벗고
마지막 부끄러움까지 다 벗었을 때
어이, 어이, 뜨물 같은 울음이
내 입에서 흘러나왔다
빈 하늘에 넘쳤다, 유언비어처럼……

3

두 마리 치욕이 집에서 논다
두 마리 치욕이 손을 잡는다

손을 풀면 퐁퐁 고름이 솟는다
두 마리 치욕이 하늘을 바라본다
올가미 두 개가 오르락내리락,
두 마리 치욕이 집을 나선다
죽은 아이가 발길에 차인다
죽은 아이가 발길에 매달린다
두 마리 치욕이 밤길을 간다
그들 앞에 열리는 무덤, 벌어진
틈새로 기러기 떼가 날아간다

4

밥 속에도 잠 속에도 그가 있다
맞닿은 입술에도 지하도에도 그가 있다
꿈과 눈물을 몰고 휘파람 불며 그가 온다
그는 고성능 엔진이요,
한 시대는 그의 요강이며 술상이니

그의 고함은 세상 나뭇잎을 한꺼번에 물들인다
신난다, 오늘은 그가 세상을 더럽힌 날
그의 발가락은 할퀴려 덤벼든다,
피도 안 마른 아이들 이마를
신난다, 오늘은 그가 세상을 더럽힌 날
밴드를 불러라, 풍악을 울려라

5

어머니는 늪이고 아버지도 늪이다
아내는 늪이고 남편도 늪이다
늪이 늪을 낳고 미역국을 먹는다
갓 난 늪이 짝짜꿍 재롱을 부린다
늪이 늪을 안고 덩실덩실 춤춘다
늪이 늪에 빠져 발버둥친다
늪이 늪을 치며 통성 기도한다
통곡은 흐르는 늪이요 기도는 떠도는 늪이니

흐르는 늪이 떠도는 늪과 달리기 시합한다
봄이 오면 내복 벗는 늪
명절이면 한복으로 갈아입는 늪
아무리 쳐 넣어도 바닥 없는 늪
쓰레기통에 처박히는 삼천만 개의 늪
하루 세끼는 꼭 찾아 먹는 늪
누이 같은 늪, 그림엽서 같은 늪 위로
파릇파릇 치욕의 미나리는 자란다

6

해 떨어진다 애 떨어진다 가슴속에
보고 싶은 얼굴 떨어진다 돌아보지 마,
참담한 밤이 온다 돌아보지 마,
눈동자 떨어진다 스물여덟 꽃다운
나이 떨어진다 돌아보지 마, 고개 떨어진다

(네가 먼저 찾아야 할 곳은 화장실

네가 먼저 사귀어야 할 것은 구더기
캄캄한 유리창에 어리는, 너를 꼭 빼닮은
너는 이날 이때까지 뭣하러 살아왔나)

해 떨어진다 애 떨어진다
분자 속에 원자 떨어진다
돌아보지 마, 참담한 밤이 온다
돌아보지 마, 밤 떨어진다

얻으려 하면 잃을 것이요
잃으려 하면 또 잃을 것이다
돌아보지 마, 화장실 떨어진다
돌아보지 마, 구더기 떨어진다

(네 가는 길은 치욕이 불 밝히고
네 기억 속 삶은 고구마 같은 것,
뭉개면 뭉개지고, 밟으면 발자국 나는
그것은 대체 무엇이더냐)

7

이곳은 청산靑山이다
개는 짖어 개짓을 하고
닭은 울어 추한 새벽을 알리는
이곳은 청산이다 누이들,
그대들은 청산에 흐르는 별곡別曲이다

이것은 국궁國弓이다 과녁이 없다
과녁 없이도 잘 맞는 누이들
누이들, 이것은 국궁이다 상처받지
않는 국궁, 그대들 영전에 바친다

꽃피는 아버지 하나

어느 날 나는 나뭇잎 속에 들어 있는 아버지를 보았다 그때
아버지는 서른일곱 살, 상주군 능금조합 서기, 해질 무렵 자
전거로 돌아와 텃밭에 오이와 토마토를 가꾸었다 어느 날 아
버지는 낄낄 웃으며 나뭇잎 속에서 뛰쳐나왔다 그때 나는 일
곱 살, 아버지는 병원으로 끌려갔고, 이른 새벽 병원 담을 넘
고 이슬 밟으며, 들국화를 쓰러뜨리며 산토끼를 따라갔다 그
때 나는 일곱 살, 동네사람들이 상처투성이 아버지를 잡아
왔다 아버지, 진지 드세요! 밥에 독이 들었구나, 나는 미국에
가야 해…… 지금 나는 스물일곱 살, 아버지는 다시 나뭇잎
속에—나뭇잎이 썩어 가고 있다

꽃피는 아버지 둘

예순하나, 아버지는 말했다 나는 이제 한 살이다 하늘의 뜻이라면 출마할 테다 아버지, 이불 속에서나 출마하시지요 눈 감으면 코 베어 가는 세상 내버려 두고 아버지, 연거푸 노래나 부르시지요 얼럴럴 얼럴럴 아버지는 이제 한 살, 남의 땅에 뿌린 상치 씨는 싹트지 않고 얼럴럴 얼럴럴 지나간 날들 무성한 잎새 사이로 무너지고 가라앉는데 아버지, 무엇한들 속시원하시겠어요 (보국대報國隊에 다녀온 후, 실성하여 한의사 집에서 사슬을 끌고 뛰쳐나와 들판에서, 하늘색 꽃들이 이슬, 투명한 무게에 흔들릴 때, 남부끄러워 우리는 샛길로 아버지 찾아 나서고……) 무엇한들 속시원하시겠어요 아버지, 거친 잠으로도 흩뜨리지 못할 주판알, 끝없는 숫자놀이 얼럴럴 아버지, 아버지가 한 살이면 나는 몇 살? 할머니 제사 때마다 흘리는 아버지 눈물은 몇 살? 내 제삿날 내 아들이 흘릴 눈물은, 얼럴럴 아버지, 몇 살?

꽃피는 아버지와 아픈 아들 하나

내가 방 안으로 들어섰을 때 아버지는 내 편지를 훔쳐보고
있었다 나는 급히 나꿔챘다 그걸 보시면 어떡해요, 아버지!
내 얼굴은 붉어지고 눈꼬리가 뒤틀렸다 아버지는 애써 웃음
지었다 갈라진 벽 같은 웃음, 눈가 거미줄을 걷어내며 애써
아버지는 말했다 웬 글씨가 이 모양이냐, 나는 이불을 집어
쓰고 자는 척했다 이것 봐라…… 글씨란……

나는 붉은 얼굴로 잠들었다 잠든 채 집을 나가 며칠을
싸돌아다니다 돌아왔다 아버지가 아파서 출근을 못 했다는
것이었다 아버지 수염은 무럭무럭 자라 마침내 얼굴을 덮었다
덮이지 않은 부분은 흙색이었다 아버지 이마에 손을 얹고
나는 울었다 내 마음속에서 아버지도 울고 있었다

아버지는 점점 쇠약해져 갔다 내 울음이 죽음의 늪에 닿았다
아버지 울음이 깊은 웅덩이를 이루었다 나는 더 이상 울 수
없었다 아버지 울음이 내 몸을 가득 채웠다 초점 없는 눈으로
아버지는 나를 바라보았다 멀리, 시골 우리 집이 보였다……

꽃피는 아버지와 아픈 아들 둘

아버지는 텔레비전 앞에만 살았다 창틀이 썩어 가고 있었다
내가 무얼 사랑한다고 하면 그건 붙들려 있기 때문이다 나는
시를 썼고 시작노트와 사진을 끼워 보냈다 나는 시인이다 호
인도 호색한도 아니다 내 마음은 총이다 절름발이 아이나 맹
인가수를 보면 많이 아팠다 총알이 없기 때문이다 남이 시대
를 진단한다고 설칠 때 나는 아버지 등에 안마를 해 드렸다
피로하다, 몹시 피로하면 이마에 쑥갓이 자랐다 자랄 뿐 아
니라 꽃 피었다 도대체 내 이마는 텃밭이다 하지만 나는 썩어
가는 창틀을 고칠 생각을 못 한다 나는 아버지를 설득해 돈
벌게 하고 싶지는 않다 나는 싸움판이다 싸움꾼이 아니다 나
는 극장이다 극장식 맥주홀이다 지배인이 아니다 나는 시인
이다 조금만 간질여도 눈물이 나온다 나의 웃음은 녹초가 된
슬픔이다 나의 슬픔은 날마다 시온 성城을 향해 흐른다 나는
썩어 가는 창틀에 갇힌 바빌론 강江이다 날마다 떠내려가는
누이들을 본다 여공이거나 여대생이거나 누이들, 지느러미
없는 물고기들, 빨리 결혼해 코와 입술이 문드러진 아이들을
낳아라 대량으로, 여름날 가게마다 쌓인 아이스크림만큼 많

은 병신들을 낳아라 아버지가 기뻐하실 거다 텔레비전도 기
뻐하실 거다 나는 병든 조카들의 다정한 삼촌이다 제발, 썩
어 가는 창틀에 대해 말하지 말아다오 제발, 아버지의 외로
움에 대해 말하지 말아다오 듣기만 해다오 사람들이여 내 꿈
의 사금파리들이여 먼저 말을 풀어 놓지 않으면 내 몸은 미친
다 내가 미치면 아버지가 운다 텔레비전이 운다

수색통신 水色通信

1

바람 한 점 없는 날
채석장에선 돌빛 휘파람 소리,
입속에 침이 마르고
연기는 땅에 깔린다
너는 끌려가면서
흘깃흘깃 뒤돌아보면서⋯⋯
말해 봐! 누가 너를 잡아가는지,
왜 돌아올 생각을 못 해?
왜 소리지르지 않니?

2

매일 아침 버스를 타고
가다 보면
우리 집 열린 창
가족들 밥 먹는 모습,

나는 어리석었고
사내답지 못했고

언제나 내 눈 속엔
부서진 돛배 하나,
그리고 한참을 게우고도
일어나지 못하는 한 여자

―어디 아프니? 아파?
누구랑 다투었니?

3

세 시 반, 시계종이 울렸다
미친 짓이야
정신에 자궁 달린 여자는 없어
미친 짓이야
세 시 반,

성기性器로 뻘밭을 일구는 시간,
마음은 방바닥을 지붕으로
밀어 올리고 세 시 반,
피부는 탄소동화작용을 하고,
내 그림자는 가파른 성채
―지금 어디 있는 거야?
거기 어디야?

4

누이는 노란 꽃을 한 아름 안고 회사로 갔다 몇 년 전
일인가? 누이는 피아노를 사고 곗돈을 붓고 결혼을 서둘렀다
누이는 이제 다른 누이다 나는 내 방에서 카프카 사진을 떼내
구석으로 밀어 넣었다 전시회가 끝났다 카프카여, 미안하다
요를 깔고 누우면 마음 다친 곳에 토끼풀이 자랐다
뽑아내도 자꾸 돋았다 민들레 꽃대궁도 섞여 있었다
니기미, 어느 놈이 나를 자꾸 씹어 대는가, 내가 뭐 그리

잘못했단 말인가, 그럴 때면 머리 끝에 출몰하는 아버지!
아버지는 왜, 별것 아닌 일에 마음 다치고 집을 나갔을까

5

반찬 그릇에 파리가 빠져 허우적거렸다
한 마리가 아니었다 또 한 마리가 등에
올라타고 있었다

아침, 즐거운 식사를 향해 파리 한 쌍이
기어갔다 아침, 퇴각하는 파리의 섹스는
멸치볶음 속에서 진행되었다

잠시, 한 쌍의 파리는 숨을 돌린다 잠시,
우리 가족의 예의와 친절도 숨을 멈춘다

희열에 도달했을까, 파리는? 나의
모멸감도 머리끝에 닿았다 잡아내세요, 아버지!

섹스 끝, 식탁은 파리의 내용물로
더럽혀졌다 나는 숟가락을 내려놓았다

사월의 편지

형님 내려가신 후 식구들 모두 잘 있는지요

퇴거 신고가 늦어져 속달로 이 편지를 보냅니다

형님 저는 일주일에 나흘 학교 나가 수업도 듣고

일도 보고 그런대로 즐겁습니다

집에는 집수리가 한창이지요 벽과 대문과 천장에도 칠을 한
　답니다

형님 아버지가 편찮으세요 식사 때마다 이가 아프다고 하시
　며,

나이 들어도 다른 건 모르겠는데 이가 아프구나…… 죽을 끓
　여 드시는데

신관이 말이 아닙니다 형님 아버지가 많이 늙으셨어요 저녁
　에 돌아와

아홉 시 뉴스도 못 보고 곤한 잠에 들면 입을 다물지 못하세요

형님 집수리하는 데 얼마나 들지 모르겠어요 집에는 돈이 별
　로 없는데……

뭐 또 어떻게 되겠지요 연이는 철없이 피아노를 집에 들여놓
　는다는군요

제가 벌어 하는 일이니 뭐라 할 순 없지만 나는 아무래도 그
　　피아노 소리
듣기가 거북합니다 제가 좋아서 하는 일이라지만 아무래도
　　불안해요
어머니요? 어머니는 그냥 그래요 어머니가 못 하는 일 뭐 있
　　나요?
언제나 안 보이는 그림자로 집안 곳곳에 있지만,
담벽 아래 삼동추꽃이 노랗게 물들면
어머니도 소리 없이 흔들린답니다
형님 지난 주 창경원엔 사람들이 말도 못 하게 밀렸답니다
나도 그 앞을 지나다가 보았는데 어떤 녀석은 친구 어깨 위에
　　올라타 손짓을 하고
애들은 고무풍선을 잡고 엉엉 울고…… 우리 식구들도 한번
　　가 보자고 했지만
아버지가 안 좋으시고 일요일도 쉬지 못하시니 언제나 가게
　　될는지…… 형님

효원이 지원이 뛰노는 모습 보고 싶습니다 사진으로 찍어 보

　내 주세요

형님 보고 싶습니다 객지에서 언제나 몸조심하세요

애인들

애인들, 화장과 토라짐의 명수名手

애인들, 지난번 상처에서 허우적거리며 키스하던

애인들, 결혼하기 임박해 잠시 안기기도 하던

애인들, 순진성과 잔인성 가득 실은 돛배

애인들, 우리 친구로 지내요, 제발, 눈물 콧물 짜던

애인들, 성탄절 날 맨손으로 사과를 쪼개며 입을 가리고 웃던

애인들, 요양원에서 나와 불안할 때면 물구나무서던

애인들, 종로 희다방에서 만나기로 했는데, 없어진 희다방

애인들, 비 오는 날 비 냄새, 눈 오는 날 눈 뒤집어 쓴 나무

나는 여러 여자들을 만났다

만나는 여자마다 미리 애인이 있었다

그때마다 나는 새끼 밴 짐승을 모르고 죽이는 것 같았다

날 좋으면 저세상 어느 슈퍼마켓에서 만날지도 모를, 애인

　들……

연애는 안 되고

연애는 안 되고, 연애는 잘 안 되고
우리는 집을 떠났다
우리가 짐 꾸릴 때, 담 큰 녀석은
지붕에서 뛰어내렸다
천만에, 땅은 물결을 일구지 않는다
많이 부서진 녀석, 사진기자가 와서
여러 번 찍고 합성해야 했다

연애는 안 되고, 연애는 잘 안 되고
학벌 없는 사람은 부모를 욕했다
학벌 있는 사람은 세상을 욕했다
돈 없는 사람은 돈 있는 사람을 씹었다
돈 있는 사람은 돈 없는 세상을 씹었다

모두들 한 달만 더, 일 년만 더 기다려 봤지만
또 기다리고 있지만
모두들 더 기다려야 좋은 문학과 좋은

차車와 멋진 여자를 차지하는 줄 알았다
어떤 잠꼬대 —어느 날 눈떠 보니, 아 글쎄……

연애는 안 되고, 연애는 잘 안 되고
아무도 우리 생일을 기억하지 않았다
아무도 우리 상처를 기억하지 않았다
아무도 남의 말은 듣지도 않고
제 얘기만 늘어놓았다
국어國語로는 통화 불가능!
남보다 먼저 아프다고 한 놈이 이겼다

분통 터지면 강아지를 걷어찼다
혼자 밤길 가는 여자애 옷을 벗기고 덮쳤다
(사람이) 사람의 목을 조르고
(아들이) 아버지를 찔렀다,
그러나 깃발이 폭력인 줄 몰랐다
침묵과 흐느낌이 폭력인 줄 몰랐다

아무도 몰랐다, 무죄가 죄라는 것을
먹는 죄, 입는 죄, 마시는 죄……
—네가 그를 죽였지?

연애는 안 되고, 연애는 잘 안 되고
우리는 집을 떠났다

첫사랑

……그 여자는 어쩔 줄 몰라 버스를 집어탔고. 〈문화촌―중
랑교〉 나는 뒤따라 올라탔다. 비좁은 차내. 그 여자는 말없이
팔꿈치로 나를 밀치고. 왜 그래, 제발, 내가 잘못했어. 그 여
자는 나를 피해 뒷자리 어떤 남자 곁에 앉았고. 무안해 나는
버스를 내렸다.

그날 밤 나는 어떻게 집에 돌아왔는지. 냉랭한 방바닥, 두꺼
운 초록 이불. 나의 잠은 어지러웠다. 나의 잠은 언덕과 벼랑
을 지나 돌에 부딪히고. 그 여자에게 부딪치고. 그 여자는 한
결같은 표정. 내가 잘못했어, 제발……

　　　　　　　그 여자―검은 교복―하얀 칼라,

일 년이 지나고 내가 시험에 합격했을 때 내 곁에는 아무도
없었고, 나는 편지를 썼고, 광교 어느 다방, 나는 부끄러워
무얼 물어야 할지 몰랐지만, 그 여자 애써 명랑했고, 합격을
축하해 주고. 다시 몇 번 음악감상실에서 만나 손금도 보았

고, 그때 옆에 앉은 여인이 우리를 보고 웃었고.

내 입학식 날. 눈비 뒤섞여 새 교복은 물구덩이가 되어도 그
여자는 나타나지 않고. 나는 혼자 거리를 쏘다니다가 친구들
에게 들켜 어떻게 어떻게 변명도 했지만. 그 여자, 며칠 후 편
지. 미안해요, 아니 미안한 쪽은 당신이에요. 반시간만 더 기
다리면 일 나나요. 비 맞으며 허탕 치고 얼마나 화났는지 아
세요? 우리는 다시 만났고. 내가 책 몇 권을 빌려주던 날, 그
여자…… 저 애인이 있어요. 하지만 두 사람 다 사귀고 싶어
요. 그럴 수 없어, 나는 그럴 수 없다고 했지만, 그 여자 울기
시작했고……

그리고 몇 번인가 나는 편지를 썼다. 내가 잘못했어. 이젠 이
해할 수 있어, 나의 아가씨. 번번이 되돌아온 편지. 어느 일
요일 나는 면목동 일대를 뒤져 너의 집을 찾았지만 그 넓은
동네, 오밀조밀한 판잣집. 맨발로 오줌 싸던 아이들. 나는 여
러 번 언청이 고물장수와 마주치고. 다시 또 찾아 나섰지만

너는 없었고. ……잊기로 작정했다. 회복은 빨리 왔다. 연기 자욱한 교실에서 다방에서 너를 잊어 갔지만,

그 다음해 내 동생 입학원서 사러 어느 여학교에 갔을 때, 원서 하나만 주세요, 아가씨. 그때 나의 아가씨! 너는 얼굴을 붉히며 황급히 안으로 사라져 버렸다.

나는 해군에 입대했고 갑판에서 페인트를 칠하거나 식사당번 하면서 일 년을 때웠고. 다시 서울에서 군대생활 편하게 할 때, 내겐 아무 여자도 없었고. 네가 있는 여학교에 전화를 걸었다. ……씨 계세요? 전데요. 나 누군지…… 예 알아요. 그래 우리는 다시 만났고. 원남동 의대 뒷산에서, 허리를 감았을 때 네 눈꺼풀은 내려오고. 안 돼요 나 약혼했어요. 캄캄하게 너는 눈뜨지 않고. 입술이 포개질 때 캄캄하게 낙엽 구르던 소리, 나는 들었다. ……육 개월만 어디 멀리 가고 싶어. 나도요, 하고 너는 말했지만 그건 이미…… 어느 날 우리는 또 한 번 토닥거리다 갈라섰고.

제대. 내가 복학하여 몇 번 네게 전화했지만 넌 쌀쌀맞게 쏘
아대기나 했고. 그리고 나는 조금씩 다른 여자들을 알게 되
었고. 졸업하던 해 겨울, 또 네 생각이 나서, 망설이다가 전
화를 걸었다. ……씨 계세요? 그만 됐어요. 왜요? 결혼한지
모르세요?

내 살아 있는 어느 날 어느 길 골목에서 너를 만날지 모르고
만나도 내 눈길을 너는 피할 테지만, 그날 기울던 햇살, 감긴
눈, 긴 속눈썹, 벌어진 입술. 캄캄하게 낙엽 구르는 소리, 나
는 듣는다.

어린이를 위하여

어린이에게 욕을 해서는 안 된다, 안 돼! 어린이에게
씨발놈이라든가 씹새끼라고 해서는 안 된다 어린이에게
보여 줄 수 없는 장면을 보여 줘서는 안 된다 안 돼!
아침에 동네 개들이 홀레붙으면 어린이의 눈을 가려 줘야
한다 어린이가 콘돔을 고무풍선으로 알게 해서는 안 된다
실을 매어 막대기에 달고 다니는 놈도 있다 어린이를
때려서는 안 된다 한 번 맞으면 평생 아프다 아픔은 안
씻긴다 씻김굿을 해야 한다 어린이에게 계급장을 달아 주면
안 된다 한 번 고단하면 평생 고단하다 어린이를 배부르게
먹이고 깨끗한 옷 입혀 그네에 태우고 힘껏, 밀어 줘라!
땅이 하늘이 되도록, 어린이는 천사도 노리개도 아니다
사람새끼다 어린이는 어른의 아버지라고 말하는 녀석의
사타구니를 걷어차라 화를 내면 욕을 하고 마구 패 줘라

성性

나는 왔다, 보았다, 이기지 못했다

선생이 다만 선생이라는 이유로 제자를 먹고
아버지가 소변보는 딸을 먹고 사장이 경리사원을 먹고
다방을 차려 주고 공장장이 미싱공을 먹고 목 졸라
수박밭에 묻어 주고, 대체 그런 일이 있을 수 있는가
하고 묻는 놈은 감방에 묻고

대체 그런 일이 있을 수 있는가
나는 속으로 중얼거렸다
나도 심히 그것이 하고 싶을 때는 여관에 가서 했다
그리고 속옷을 갈아입었다 공돈이 생기면 우선 그것부터 생
　각났다

나도 그것이 몹시 하고 싶다 하지만 내가
선생이라는 이유로, 사장이라는 이유로, 공장장이라는 이유
　로

아버지라는 이유만으로, 강제로, 완력으로 그것을
해서는 안 된다, 그건 치사한 짓이다

나는 왔다, 보았다, 이기지 못했다

나도 심히 그것이 하고 싶었다
어느 날 밤 내가 심히 그것이 하고 싶어 손장난으로
대충 만족하고 흘러나온 것을 휴지에 닦아 머리맡에 두고 자
　면
아침엔 수많은 개미들이 달라붙어 있더라
그건 고밀도 영양식이었다 희디흰 내 피를
개미들은 정말 맛있게 핥아먹었다

—아버지, 대체 이게 무슨 짓들입니까
눈 뜨고 보시기에 그리 좋습디까

미국

미국에는 내 친구들이 많이 산다 바이올린 켜러 간 녀석도 있
　고 물리학이나
경제학 하러 간 녀석도 있다 의대 다니던 내 짝꿍 범용이는
　로스앤젤레스에
갔는데 지금은 뭘 하는지 소식도 없다 신학교인가, 수도원에
　들어갔다더니……
서울에는 미국 사람들이 많이 산다 이태원 쪽에는 한국 여자
　와 동거하는 녀석들도
많은가 보다 미국 맛을 본 여자는 평생 잊지 못한다고 한다
　특히 검둥이의 그 맛은
대단하단다 서울에는 튀기들이 많다 튀기는 머리가 좋다고
　한다 백인 튀기들은
인기가 좋다 노래 잘 부르면 더욱 좋다 밴드를 조직해 자선공
　연도 한다 흐뭇하다
우리 이모는 미국 사람 집에 양재사로 나간다 이 집 저 집 다
　니며 옷 만들어 주고

미제 물건도 얻어 온다 이모가 그러는데 미국 부모는 상당히
　개방적이어서 초등
학교 애들까지 애인이 있다고 한다 미국 아이들은 한국 아이
　보고 김치라고 부른다
김치 냄새가 나기 때문이다 미국 사람하고 같이 놀려면 김치
　를 먹지 말아야 한다
우리 형은 영어회화 클럽에 나가 미국 사람 하나를 사귀었다
　서른여섯 살이라던가,
그는 떠돌이였다 사립학교에 나가 영어를 가르치며 빈둥거
　렸다 우리 집 제삿날
형이 그를 데려왔다 그는 원더풀, 원더풀!을 연발하며 연거
　푸 셔터를 눌렀다
나는 어릴 때 미국 대통령 딸에게 장가들고 싶었다 미국은 자
　유의 나라, 민주주의
나라, 제일의 우방이라고 배웠다 미국은 평화를 사랑하고 전
　쟁을 미워한다고

배웠다 미국은 평화를 사랑하기에 월남 사람들을 많이 죽였
　　다 한국도 미국을 도와

월남 사람들을 많이 죽였다 평화를 지키려면 사람들을 죽여
　　야 하나 보다, 많이!

미국에서는 누구나 영어를 한다 우리는 십 년 배워도 못 한다
　　과연 미국은 미국이다

미국은 골치 아픈 나라라고 한다 미국에는 정신분석 의사들
　　이 많아 사람들의

어질머리를 고쳐 준다고 한다 역시 미국은 미국이다 미국은
　　광대한 정보망을

가지고 남아메리카와 아프리카와 중동의 정치를 조종한다
　　미국은 많은 무기를

생산하고 팔아먹으며 민주주의를 가르치고 구호물자를 던져
　　주고 골동품을

사 간다 미국은 흑인들에게도 투표권을 주고 인디안 씨를 아
　　주 말리지는 않는다

그리고 미국은 내 친구들에게 학위를 주고 장래 지위를 보장
  해 주고 가문 좋은
여자와 결혼하게 해 준다 아, 고마운 나라, 미국이 망하는 날
  이 있기나 할까

미국 군함 위에서

내 꿈의 한 귀퉁이에서 호각소리, 지휘봉이 나의 가슴을 찔렀다 너! ─예, 병장 이성복 직속상관 관등 성명! ─미 합중국 대통령 존 F 케네디, 국방장관 벤스, 해군장관 머피, 7함대사령관 해군대장 알렌 긴즈버그, 함장 해군대령 소크라테스 아리스토텔레스 오나시스…… 발자국이 멀어져 갔다 나는 일어나 옷을 주워 입고 후갑판으로 나갔다 무삼이라는 사모아 녀석과 알베르토라는 필리핀 녀석, 별을 보고 있었다 무삼─어제 다섯 번 했어 진해, 좋은 곳이야 알베르토─내년에 제대하면 캘리포니아 대학에 복학할 거야 정치학을 하지 내 누이 참 예쁜데 소개시켜 줄까? 나는 거절했다 굳이 거절할 것도 없었지만 거절 안 할 것도 없었다 그런데 왜 내가 미국 배에 타고 있었는지? 갑판을 내려오는 내내 그들은 손 흔들어 주었다

이모

과달루페 이모, 이모 생일날 돈 한 푼 못 드린 게 아직 마음 아
　프군요
이모, 그 인디안 점쟁이는 뭐랍디까 이모, 마음씨 곱고 손재
　주 좋아
미군부대 따라다니며 양재사로 일할 때 전남편은 돌아볼 생
　각도
않고 이모, 미국말도 조금 배워 어느 마음씨 좋은 미국 여자
　따라
칸쿤으로 올라와, 아파트 수위와 재혼하고 짓궂은 사내아이
　도 낳았지만
그 사내, 쓸데없이 말참견하고 빈둥거리더니 어느 해 실성해
　시립
병원에도 보내 봤지만…… 과달루페 이모, 아직도 양키촌 이
　집 저 집 떠돌며
재봉틀이나 돌리며 재수 없어 파출소에 불려 간 적도 있지만
　이모, 우리 집에
올 때마다 자르고 남은 옷감 가져와 어머니 블라우스 만들어

주고 누이들

구치베니나 미제 비누도 나눠 주었지만 이모 생일날 나는 돈
　한 푼 못

드렸군요 이모, 그 인디안 점쟁이는 뭐랍디까 앞으로 닥칠
　일 미리

알아도 겪을 일 이모, 올봄엔 우리 돈 모아 찰마성당에 갑시
　다 마르타와

콘수엘로도 데리고 가요 사고뭉치 로베르토는 무릎으로 기
　어갈 거래요

시장에서

어쩌면 그림자 하나 지지 않는다 얼마나 확실한가 분명한가
　　발 구르며
손뼉 치며 목청 높이는 저 남자, 누구를 향해 말하지 않는다
　　누구나
말 속에 포함되지만 아무도 액면 그대로 믿지 않는다 아무도
　　수줍어하지
않는다 무거운 것들은 좀 더 무겁게 저울을 내리누르고 싱싱
　　한 것들은
좀 더 눈을 번뜩이려고 애쓴다 얼마나 안전한가 튼튼한가 모
　　두들 얇은
베니어판 위에서 춤추고 싸우고 삿대질한다 애써 지껄이고
　　깎고 토막질한
것들은 아이스크림처럼 녹아 버리지만 쓰레기는 쌓이고 길
　　바닥은 더러워진다
여기서는 엔간히 속이거나 속아도 개의치 않는다 공모? 협
　　약? 여기서는
낌새가 미리 까발려진다 누구나 제 욕망을 볼 수 있고 만질

수 있고

에누리할 수 있다 여기서는 이빨과 손발과 눈길이 따로 논다 영원히

썹고 주무르고 걷어차고 꾸려 넣고 지갑을 비운다 영원히 자전거는

찌르릉거리고 식모애들의 엉덩이는 삐거적거리고 영원히 개새끼는

쓰레기통을 뒤진다 보라, 생선장수 아낙의 등에 업힌 갓난애의 벌어진 입,

영원히 마춰된 입, 그러나 다시 한번 처다볼 때 토마토와 딸기는

부패하고 밥그릇에는 먼지가 쌓인다 아 손쓸 수 없다, 없어라, 영원히……

병장 천재영의 사랑과 행복 하나

숨겨둔 용기를 하나씩 꺼내는 일은 자기를 추하게 만든다 아버지가 그랬다 아버지는 늙어 귀밑털이 회어질 때부터 내 방과 누이 방의 책들을 하나씩 꺼내 읽기 시작했다 죄와 벌, 부활, 전원 교향악…… 쓸데없는 짓이다 나도 쓸데없는 짓을 시작했다 숨겨 둔 용기를 하나씩 꺼내 감춰둔 여자 집에 전화를 걸고, 여보세요, 가슴이 콩콩 뛰고 눈썹이 부르르 떨렸다

여자, 물 잔에 생기는 엷은 그림자 같은 여자,
엎질러진 물 같은 여자
바다에 갈까? 비 오는 날 떠오르는 섬들 안아 주러 갈까?
물결 허옇게 치미는, 치맛단 같은 바다에
같이 가 볼까?

쓸데없는 짓이다 언제나 내 목마름은 바다보다 넓고, 그 여자 입술에 포개지기 전에 내 입술은 문드러졌지만, 눈만 살아 사냥개처럼 피 홀리는 책들을 찾아다녔다 팽개친 책들이 쌓여 갈 때 젊음의 날들은 끝나 가고 있었다 녹슬어 너덜거리는 세

월의 한 끝에서 아버지는 조용히, 세계명작 책장을 넘기고 있었다

병장 천재영의 사랑과 행복 둘

얼마나 많은 사람들이 살 수 없는 곳에서 살고 있는지……
잘 살고 있다? 역전 골목에 서성대는 아이 업은 아낙과 허리
   굽은 노파
(그 짓을 매개하는 것은 목숨을 매개하는 것이다) 잘 살고 있
   다?

꿈엔들 잊으리오, 그 잔잔한 고오향 바다
(장님은 지하도 입구에서, 굵고 줄기찬 목소리로 노래 부르
   고)
고향 바아다―타향이 없으면 고향도 없지, 하지만 오늘은
긴축이다, 호주머니도 사랑도 철저히!

쑤시고 싶다, 콱콱 쑤셔 꽉 막힌 질膣의 밑바닥에서
맑은 눈이 동터 올 때까지 쑤시고 싶다 그런데,
마음이 아프다 자꾸 아프다 소피아 프리,
소피아 프리, 내 마음의 피에 젖은 생리대, 소피아 프리

얼마나 많은 사람들이 살 수 없는 곳에서 살고 있는지……
외제차 속에는 짙게 화장한 노랑머리 여자,
술집에는 껌 파는 벙어리의 손짓, 병원 문 앞에선 주저앉아
  통곡하는
중학생 "엄마아, 엄마, 엄마아……"

창경원 앞 벤치에서 내가 쉬고 있을 때 키 작은 늙은이가 다
  가와
"불 좀 빌릴까, 내 나이 식스티, 투나잇 아주 시원해,
그런데 왜 센치해, 애인 없어?"

어떻게 살아야지요? 가르쳐 주세요 무역회사 다니는 친구나
신문사 다니는 친구나 정 붙이지 못하고, 떠나고 싶어 해요
—기적을 울릴 수 없어요, 기적을 울리고 싶어요

이층에 올라갈 땐 맥주 한 병에 마른안주 하나, 장의자에서,
계집을 눕히고, 텍스를 끼고, 일 끝나면 팁을 주고……

병장 천재영과 그의 시대 하나

사무실에는 빈 병만 쌓여 갔다 엄청나게 마셔 댄 거다 출근해
　서 마시고
점심 먹고 마시고, 마시고 마셨다 후덥지근한 날이면 책상에
　다리를 걸치고
편지를 썼다 썼다가 찢고 찢은 것을 후회했다 썼다가 부치고
　부친 것을
후회했지만 오지 않는 답장까지 써 놓고 기다렸다 어느 날 우
　리는 빈 병을
세면서 우리까지 포함시켰다 허구한 날 카프카와 베케트와
　한트케에게
찬양을 던지며 우리나라 삼류작가들을 매도했다 분통 터져
　진정성!만을
강조했고 예술은 지겨운 삶을 목 조르는, 질긴 끄나풀이라는
　데 합의했다
괴로우면, 줄을 타듯 글을 썼지 미국 대통령과 당나라 황제
　를 한 외양간에
집어넣고 주한 유엔군 사령관의 한국말 솜씨를 저주했다 글

을 발표하고 나면
칭찬을 받았다 더러, 우리는 그 칭찬에 대해 모른 척했지만
　즐거운 것만은
사실이었다 더러, 누군가 정실情實이 있다고 투서했지만 그쯤
　이야 뭐, 웃어넘겼다
허구한 날 우리는 신문에서 읽은 얘기를 주고받았다 넬리 킴
　은 소련 교포 이세,
로스앤젤레스에서 남한 노문학자와 인터뷰를 했지, 육이오
　때 조개 캐러 갔던
계집애가 삼십일 년 만에 오라비를 만남! 그러나 우리는 아
　무도 못 만났다 아무라도
보고 싶을 땐 수첩 귀퉁이의 얌전한 글씨 "끈이 스스로 끊어
　질 때까지 네가
먼저 끊어서는 안 된다" "지연遲延을 사랑할 것! 지연, 그 씨
　팔년" 그리고
우리는 약속에 대해 얘기했다 약속이 있는 고통은 행복이다
　약속 없는 고통은

고통도 행복도 아니다 그게 약속이다 뭐냐 우리는? 정처 없
  는 약속이다
뭐냐 우리는? 어느 장단에 놀아나는 거냐? 매일 아침 근로자
  들이 해고
당했다는 소리가 들려왔고 어째서 너의 고통이 그들의 고통
  이냐, 우리는
질문하지 않았다 뭐냐 우리는? 빈 병에도 약속이 있느냐, 대
  답하지 않았다

병장 천재영과 그의 시대 둘

나의 시대는 어리석었고 나도 어리석었다 그러나 똑똑한 사
  람은 얼마든지 있었다
나의 시대는 어리석었고 나도 어리석었다 제 입에 안 맞는 놈
  은 모조리 속물로
몰아붙이고 꾸짖고 용서하기도 했지만 자기는 제외시켰다
  나의 시대는 절도가
있었다 일찍 집에 들어가기 싫어 술을 마시고, 밖에서 자기
  두려워 때맞춰
돌아갔다 나의 시대는 그러나 일찍 미치거나 제 목숨 끊는 놈
  들을 무자비하게
공격했다 나약하고 책임감이 없다는 것이었다(죽어 보지 않
  은 죽음에 붙이는
사람 수만큼의 형용사) 딴따라는 어느 구석에서나 동네북이
  었고 양심은
빳빳이 풀 먹여졌다 제일 먼저 부끄럽다고 소리친 자가 우승
  했다 어머니 달리기
경주하라고 날 낳으셨나요? 빌어먹을 자식, 나의 시대는 어

리석었고 여전히 어리석다

라디오 광고를 들어 보면 안다 유행가 가사와 국산영화를 보
　면 안다 (표정에 표정을

덧칠하고 감정을 잡으면, 썩은 냄새가 물씬) 어머니 저는 누
　구예요? 기껏,

먹이고 입히고 가르쳤더니 기껏, 빌어먹을…… 어머니한테
　는 말이 안 통한다

아무리 내가 어리석고 나의 시대가 어리석어도 할 말은 있다
　카프카, 내 말 좀

들어 봐 너처럼 누이들을 사랑한 사람은 없을 거다 누이들은
　실험용 몰모트다

아니다, 장님-굴새우-속죄양이다 카프카, 누이들은 나의 시
　대, 창피 옴팍

당하고 양갈보가 되어도 나의 시대, 사랑한다 누이들! 너희
　는 잘못한 게 없다

나의 시대는 어리석고, 어리석었고 나는 어지러웠다 어머니,
　당대의

씨암탉이시여, 당신이 먹이고 입히고 가르쳤으니 기껏, 어지러워요. 어머니!

나는 이 도시에서
많은 불행한 사람들을 보았다

나는 이 도시에서 많은 불행한 사람들을 보았다

나는 이 도시에서 행복의 나무를 심고 싶었다 심지 못했다

나는 이 도시의 밤거리를 샅샅이 안다 통금 가까이 길바닥에
　서

어기적거리는 사내, 구두 한 짝은 어디 벗어 두셨는지 배를
　깔고

드러누운 사내, 길바닥은 따스하신지 악쓰는 여자의 뺨을 갈
　기는 사내

그리 행복하신지 용케 여자 손을 잡고 여관에 들어가는 사내

자기 섹스를 과신하시는 건 아닌지

나는 이 도시의 저녁밥 냄새와 현란한 광고와 화려한 옷가지
　를 스크랩했다

나는 이 도시의 화재와 교통사고와 살인사건의 목격자다 나
　는 사진첩이다

나는 이 도시의 아름다운 처녀들과 연애하고 헤어졌다 오늘
　도 무사하신지, 애인들

나는 이 도시에서 명망 있는 학자와 관리와 예술가들을 만났
　　다 나는 그들의 친구다
나는 이 도시에서 길 잃은 아이와 술집 작부와 국가대표 축구
　　선수를 만났다
나는 길 잃은 아이의 엄마다 술집 작부의 가짜 목걸이다 국가
　　대표 선수가 차올리는
공이다 터지는 응원가다 나는 내가 아니다 실성하면 내가 될
　　지 모른다 나는 내가 아니다

나는 이 도시에서 4979년간 살아왔다
나의 아버지와 어머니와 형제들은 이 도시에 산다
나의 아들들은, 아들들의 아들들은 이 도시에 살 것이다
나의 아들들이여, 불이 나도 행복하여라 누가 칼로 찔러도
　　행복하여라
너희들의 비명은 행복한 신음소리다 나의 아들들이여, 사랑
　　은 언제나 횡설수설이고
죽는 날까지 너희는 상처받아야 한다 상처, 아니면 폭력이다

찔려라, 아들들이여
보도步道의 시멘트 블록 틈으로 솟은 잡풀들이여, 내 말을 믿
  어라 내 살을, 피를 믿어라

나는 이 도시에서 사랑과 실성을 주제로 영화를 만들었다
나는 영화감독이다 이 도시는 내가 만든 영화다

1980

작은 노래

1

손 뻗쳐도
소리 질러도 그 소리 되돌아와도
돌 던지고 침 뱉어도 되돌아오는
그러나 가까운 먼 곳, 그곳에서 그대,

길바닥 모이 줍거나
담벽에서 펄럭이거나
티껍지와 검불 사이 날아다니거나
아가미 껌벅이며 고인 물 위로 떠오르거나……

언제나 내 귓전에 서성거리는 그대,
언제나 내 눈망울에 미끄러지는 그대,
그 작은 입으로 나를 마시고 뱉는 그대,
도대체 그대는 있었던가, 없었던가

2

나를 부르지 마라,
하얀 서리와 살얼음으로
내 가슴을 덮는 그대
나를 부르지 마라,
이 겨울 날아오르는
비닐 껍질도 사위四圍의
노을을 넘을 수 없다
그러나 그대, 내가
부르면 오라, 내 옅은
어질머리에 집을 짓고
열 손가락으로 정액 흘릴 때
내 입속 침이 출렁거리는
소리 듣고 찾아오라,
와서 내 핏속에
버들붕어처럼 뛰어 놀아라

겨울 아침

눈두덩에는 유곽의 곰팡내 나는
햇빛이 비치었다

문간으로 나가, 땅 부치는
먼 친척에게서 온 편지를 뜯어 보았다

땅을 꼭 팔아야겠으니
허락해 달라는 것이었다

간이 나쁘다는 그이의
젖은 목소리,

안방에서는 얼굴이 해쓱한 누이가
아이 젖을 먹이고 있었다

오늘은 꼭 나가서
확답을 받아야겠다,

오든지 말든지
어떻게든 하라고

명절

명절이라 집집마다 머리카락 타는 냄새 난다
돌아오지 못하는 사람들은 먼 데서라도
이 냄새를 맡을 것이다

노린내는 고인 물 위에 떠 있다

갯벌에는 아직 따가운 햇볕이
날개 빠진 갈매기를 어루만지고
조개들은 완벽하게 입을 다문다

……생각이 뚫린다, 뚫린 구멍으로 스치는
휘파람 소리, 흐르는 날들은 미루나무 잎새에 닿아
반짝이고, 눈이 아파 바로 뜨지 못하는 것들,

오늘도 많이 상傷하고, 더럽혀질 것이다

기해일기己亥日記

손 더듬어 따뜻한 곳에 기억을 묻고 집을 나서면
비 내리는 오후, 망아지 한 마리 앞서 가는 길
강철로 만든 도시, 놋쇠로 만든 유방을 흔들며
깔깔거리는 처녀들, 빗물 떨어지는 사타구니

음료수 가게에서 세례받고 양복점에서 염하고
눈 가늘게 뜨면 저미어 오는 음악, 되살아나는 신파조新派調의
　　어떤 대사
—여보, 죽고 사는 일은 이미 결정되었어요, 이제 그만 돌아
　　가시지요

…… 왈칵 울고 싶을 때,
척사륜음斥邪綸音의 말발굽 소리, 징 소리, 찢기는 기해일기

오늘도 많은 참척慘慽을 보겠구나

깻잎 위에도 피 냄새가 지나갔다

1

변방에는 먼지를 뒤집어쓴 말들이
피를 흘렸다
나라의 말이 통하지 않고
집 나간 개들은 돌아오지 않았다
아침이면 주인이 바뀌는 나라
화살은 우수수
아이들 등에 꽂혔다
인적 드문 고을에는 몸 파는
여자들만 남아,
늙은 할아비의 소매를 끌었다

서성거리며 나는 너를 불렀다
나는 너 대신 대답했다
모른다
몰라

몰라요……
어디선가 죽어 가는 말들이
낮은 신음 소리를 냈다

2

식기와 숟가락에도
피가 묻어 있었다
너는 문을 박차고 나왔다
가로수들이 꼼지락거리며
욕본 하늘을 간질이고
호각 소리—
바다가 갈라지듯
순식간에
길이 트였다
뒤집어져 불타는 차車
바퀴가 신나게 돌고 있었다

저것 좀 봐! 누군가 말했을 때
네 관자놀이에서
주르르
피가 흘렀다
개 같은 놈들,
네가 넘어지고
파리떼가 달려왔다

3

그리고 하루 낮 하루 밤,
성 안에는 쌀이 떨어지고
공원엔 즐비한 시체
편지처럼
나뭇잎이 날아다니고
코흘리개 아이들은 총놀이를 했다

길가엔 젊은 여자들이
얼굴에 흙칠하고
손가락으로 땅을 파며
울고 있었다
울음이 높이뛰기 선수처럼
뛰어내렸다

그리고 사흘 낮 사흘 밤,
늙은 여인들은 길가에 솥을 걸고
밥을 지어 청년들을 먹였다
하루 살기가 불안했다
파리떼 파리떼 파리떼 파리떼
새벽엔 다시 총소리,
해가 뜨면 죽은 자식들이
눈을 까뒤집었다

그리고 열흘이 되기 전에 우리는 진압되었다

4

깻잎 위에도 피 냄새가 지나갔다
피가 흐르지 않을 땐 붉은 예감이 흐르고
어디선가, 다리가 두 개뿐인 개가
또 다리가 두 개뿐인 개를 낳았다

가구점 침대 위에서도 살인이 있었다
피가 흐를 땐 모두들 숨을 죽였다
사람이 저지른 것을 사람에게 물을 수 없다고……
깻잎 위에도 피 냄새가 지나갔다

그날 이후

죽음의 세월이 지나고 나는 그곳으로 돌아왔다 옛날 약방이 있던 자리에 정육점이 들어서고 철길 옆 공터에는 슈퍼마켓이 생겼다 차에서 내려 귤 한 봉지와 고기 한 근을 사 들고 언덕길을 올라갔다 당연한 일이지만 어머니는 날 못 알아 보셨다 나는 방문을 열어 보았다 아이 젖을 먹이던 아내는 나를 보고 눈을 껌벅이기만 했다 그리고 또 며칠이 지나갔다 이곳저곳 일자리를 알아보았지만 다들 나이가 너무 많다는 것이었다 아내는 나에게 집에 들어앉아 있으라고 했다 성치 않은 몸으로 장에 나가 무언가 팔아 보겠다는 것이었다 나는 종일 틀어박혀 책을 읽거나 글을 썼고 아내의 배가 다시 불러 왔다 나는 뭐라도 해서 좀 벌어야 했지만 좀체로 일자리가 나지 않았다 그해 사월 전쟁이 터졌고 우리는 강을 건너 평택까지 내려갔다 아내는 피난길에 아이를 낳았다 그리고 이튿날 심한 폭격에 나는 다시 죽었다

산정 山頂

오래전에 일이 있었다, 정말 오래전에
세월이 흐린 물처럼 흐른 뒤에 가 보았다
산꼭대기 돌무지 위에 정말 한 사내가
밑도 끝도 없는 말을 중얼거리고 있었다
"이젠 그만 내려가세요, 아버지
저희들이 불쌍하지도 않으세요?"
사내의 등 뒤에 꽂힌 깃발은
티 없이 나부끼던 백기白旗가 아니었다
"아버지, 이러시면 추해져요
이제 그만 내려가시지요"
병든 닭처럼 조는 사내를 두고 오는 길,
날 어두워 어리어 오는 불빛에
나도 그도 세상에는 없는 사람이었다

생일

그는 돌 속에서 눈을 뜬다 사방은 고요하고 그의 심장
뛰는 소리가 들린다 그는 머리맡에 놓인 시계를 본다
그는 작은 소리로 묻는다 "이젠 지나갔겠지?" 아직,
아직…… 이라고 시계가 재잘거린다 그렇다면 더 자야
한다는 건가? 그는 배가 고프다 그는 잠이 오지 않는다
흔들리는 컵 속의 물처럼 그는 움칠거린다. 갑자기
구둣발 같은 것이 그의 목을 밟아 누른다 그는 소리를
질러야겠다고 생각하지만…… 이윽고 그는 비틀어진
닭 모가지처럼 축 늘어진다 커다란 손 하나가 들어와,
침 흘리는 그의 머리맡에 깎은 배와 사과와 가래떡을
놓는다 그의 이마에 고여 있던 땀방울이 조금씩 굴러
내린다 "병신 하나 줄었군……" 나란히 서서 그들은
오줌을 누고 몸을 부르르 떤다 오늘은 그의 생일이다

그날 갈보리에

그날 갈보리에 비 내리다
시내로 나가 와이셔츠 하나와
넥타이 두 개를 사다
버스를 타고 아르바이트 가는 길에
바라보다, 공장 옥상에서
런닝셔츠 바람으로
스크럼 짠 노동자들과
최루탄 쏘는 경찰 기동대
그날 학부모로부터
너무 많은 보수를 받다
전화를 걸어 사례하고
다방 '갈릴리'로 향하다
도중에 빗속을 어기적거리는
앉은뱅이 노파에게 적선하고
꿈 많은 그녀와
웨딩드레스 예약하러 가다
드레스 집 '행복의 문'

닫혀 있다
그날 갈보리에 계속 비 내리다
밤늦게 돌아와
악몽 악몽 악몽
1에서 100까지 세면서
잠들었다가
육교 아래서 처형당하다
깨고 나니 어깨 높이에
참꽃 흔들리고,
갈보리에 비 그치다

죽음의 서書 하나

간밤엔 악몽. 그렇게 비가
억수같이 쏟아지더니
앞집 축대가 무너지고.

아침엔 나쁜, 나쁜 기억.
허벅지를 드러낸
처녀가 길바닥에
누워
울고.

오후엔 예루살렘 입성入城.
나의 나귀는 일어설 생각을 않고.
창피해 나는 종려 잎사귀도 버리고
돌 던지며 쫓아오는 아이들을 피해.
겁 없이 내려앉는 비둘기들에게
실토實吐—

나의 말은 세상을
바꾸지 못함. 나의 기적은
세상을 바꾸지 못함.
나의 개죽음은 세상을 바꾸지 못함.

죽음의 서書 둘

간밤엔 악몽. 고등학교 때 친구 하나 만났음. 눈에
거미줄이 엉켜 있었음. 나 보고 뭣하러 사느냐고 물었
…… 그의 배꼽 위로 찔레나무가 가지를 뻗고 있었음.

아침엔 비. 성급한 구름 조각은 그냥 떨어져 내렸음. 비
내리다. 비 내리다. 길바닥엔 기름 덩어리가 상한 무지개를
내뿜고 있었…… 진해 훈련소, 비 오던 날 동백꽃 생각.

비 그치지 않음. 우산들 떠올랐음. 색색의 우산들을 쥐고
날아가고 싶었음. 비 안 그치고, 집에 오는 길. 횟집 수족관
물고기들의 게으른 춤. 창녀들 막 달라붙기. 단추 하나 뜯
겼……

그리고 이른 저녁잠. 치욕과 수난의 술래잡기. 잠 속으로
굽은 뿔 앞세우고 입장入場. 박수소리. 붉은 물레타 흔들며 화
　려한
투우복의 사내, 나를 불러 세웠…… 박수소리. 그러길 또 몇

차례.

한 차례 맴을 돌다가 내 뿔로 그를 박았다 싶었을 때, 그가
내 모가지를 길게 찔렀음. 여러 개의 단도短刀가 비 오듯 꽂
혔……
무릎 꿇고 주저 앉았…… 무색無色의 피가 땅을 적셨…… 박
수소리.

데살로니카 후서 하나

그들이 반쯤 눈 감고 가쁜 숨을 몰아쉬는 사해死海를 지나 그
는 돌아왔다 당연히, 그의 어머니는 그를 알아보지 못했다 그
는 과묵하고 신앙이 깊은 아버지에게 절을 하고 배다른 아우
들에게 약간의 선물을 나누어 주었다 마을 사람들은 더러, 잃
어버린 세월의 그를 기억하고, 반갑게 맞아 주었다

그러나 눈에 보이지 않는 변화는 있었다 포도주가 식초로 변
하는 만큼의 변화, 잃어버린 포도주의 세월, 혹은 들판 한 귀
퉁이에서 울리던 노새방울 소리에 경기驚氣하던 세월

날마다 그는 일을 마치고 간단히 목욕한 다음 마을 뒤쪽의 돌
무더기 산으로 올라갔다 돌 사이로 달아나는 도마뱀을 보며
그는 이제 처음으로 아버지의 유일한 아들로서 숨고 들키고
거부해야 할 삶을 생각하였다

그때쯤 고통은 십자가의 형상을 갖추고 있었을까 그때쯤 그
가 사랑하는 여인은 몸을 팔기 시작했을까 그러나 더 오래 머
뭇거릴 수는 없었다 날이 어두워지고 별들이 식은땀처럼 흘
러내릴 때 그는 서둘러 산을 내려왔다

데살로니카 후서 둘

자매 여러분 그대들이 성전聖殿 앞에 차려 놓은 음식들을 내가
　가서 으아아 소리 지르며 엎어 버릴 날이 올 것입니다
성전 입구 가축병원의 눈곱 끼인 사냥개들을 내쫓고 시계포
　의 고장난 시계와 고장난 시간까지 엎어 버릴 날이 올 것입
　니다
이 삶에서 빚진 것이 있으면 갚고, 빚진 것이 없으면 갚지 않
　아도 됩니다 그러나 그대들의 죄의 구멍을 좁히려 하지는
　마십시오 바늘구멍 하나도 다른 하늘로 열려 있습니다
자매 여러분 그날이 오면 날아오는 돌을 피하지 않고 묵묵히
　고개 숙이던 사내를 기억하십시오 창피라는 게 무엇인지
　알기 전에는 그대들의 고통은 솜사탕 같은 것일 뿐입니다
때가 되면 십자가의 형틀은 끓어오르는 그대들의 젖무덤 사
　이에서 진땀을 흘릴 것입니다 자매 여러분 본향本鄕에서 돌
　팔매질당하던 한 사내를 오래 기억하십시오

데살로니카 후서 셋

사랑은 개들에게나 마땅한 것 자매 여러분 믿음은 헛된 것 환
　상을 버리고 죽음을 생각하십시오
……기름 가마 위에는 돛단배 한 척, 녹지 않는 희망, 녹지
　않는 꿈 한 척, 급기야 돛단배를 따르는 신천옹信天翁의 주리
　를 트는 수부水夫들
자매 여러분 수부들의 평강을 빌어 주고 일찍 잠자리에 드십
　시오 불길한 생각은 금지되었습니다
자매 여러분 불길한 생각을 하더라도 불길하게 생각하지 마
　십시오 마음을 편히 가지고 가급적 살생을 피하십시오 살
　생을 하더라도 살생이라 생각하지 마십시오
……기름 가마 위에는 흰 돛단배 한 척

데살로니카 후서 넷

그날에는 돌에 짓눌린 얼굴이 다른 얼굴을 알지 못할 것입니다 만수향萬壽香이 바닥나고 화살은 끝없이, 얄팍한 새의 가슴을 꿰뚫을 것입니다

자매 여러분 밀가루 반죽으로 우상을 만드십시오 그날에 쓸 빵을 만들고 여분이 있으면 그대들의 수족手足을 만드십시오

자매 여러분 꽃 핀 길을 따라 죽음에 홀리어 갈 때는 순결은 헛된 것, 그대들의 부끄러운 곳에 재와 소금을 뿌리십시오

자매 여러분 그날 성산聖山에 오르면 손을 들어 지나가는 새들의 무리를 치십시오 그들이 재앙을 만나 서산에 떨어진다 해도 슬퍼하지 마십시오

자매 여러분 성산 벼랑에서 한 발을 더 내디디어 그대들의 머리 위에 교회를 세우십시오, 그대들의 배우자가 그대들을 세 번 배반할 때까지

이 세상에 한 차례 물, 또 한 차례 불이 지나가면 아무도 보지 않는 곳에서 홀로 빛날 쇠꼬챙이, 쇠꼬챙이가 쇠꼬챙이를 낳을 것입니다

데살로니카 후서 다섯

고통의 집 깜박이는 등불 하나 켜질 때마다 꺼지는 조바심,
고통의 집 꿈들은 해바라기 꽃씨처럼 진하고 고소하고, 고통
의 집 공공연한 수음手淫 은밀한 기쁨

언제라도 날이 새면 묻어 둔 노란 새의 울음소리로 가리라 그
대들 나를 보지 못하고 보아서도 안 되리라 고통의 집 자매들
안녕 라면집 고양이 안녕 바람에 불리는 데살로니카 후서 안
녕

자매들, 감춰 둔 물고기 뼈를 내놓으시오
가슴을 허물고 굽은 등뼈라도 내놓으시오
그날에 내가 증거할 것입니다 고통의 집 자매들 안녕

언제라도 날이 새면 묻어 둔 노란 새 울음소리로 가리라 고통
의 집 자매들 안녕

투혼 하나

혼魂이 싸우지 않겠다고 약속했다
나는 혼의 말을 믿지 않는다
저도 못 믿는 말을 혼은 속삭였다
　싸우지 않겠다고 꼭, 싸우지 않겠다고

날은 어두워 가는데 기죽은 혼이
손가락을 깨문다
　싸우지 않겠다고
허구한 날 어두운 구석에서
만두를 빚던 혼이
　싸우지 않겠다고 꼭, 싸우지 않겠다고

투혼 둘

가끔 제 혼魂이 한쪽 다리를 잡고 깨금질하면서 금 간 육체를
　빠져나오려 할 때, 잿더미와 녹슨 철근에도 불꽃이 인다
그러나 안간힘 다해 깨금 뛰던 혼은 잠시 머뭇거린다, 풀잎
　같은 손가락 바르르 떨며……
(이 순간이 지나면 성찮은 것들 돌아와, 낫지 않는 병을 앓아
　야 하리, 두루마리 휴지처럼 긴 팔 흔들며 병病의 하늘을 떠
　돌아야 하리)
근심하지 마라, 제 혼은 머뭇거리다 풀이 죽어 다시 잠들 것
　이다, 근심하지 마라 후여, 후여……
(납작한 병마개 같은 꽃들이 끌려가듯 멀리, 아물거리며 사
　라진다)

불빛

조그만 배의 불빛.

자궁 속에서. 창을 열 수만 있다면, 하는 헛된 생각. 자궁 속
에서. 떡고물처럼 들러붙는 살. 떨어지는 살. 한 번 창을
열 수만 있다면. 창을 열면 너는 또 늙은 사내들의 부정한
농지거리와, 벌어진 사타구니의 노린내 나는 구멍을 볼 것
이다. 그래도 창을 열 수만 있다면.

조그만 배의 불빛.

에서 바라보는 내가 탄, 더 조그만 배의 불빛은 꿈일 수 있을
까, 하는 헛된 생각. 천천히 깜박이는 불빛. 죽어 가는 아
이의 눈꺼풀. 한 번 눈뜨고 다시 눈감기 어려움. 유린당한
성城에서 비로소 오는 신호.

조그만 배의 불빛.

창을 열 수만 있다면. 말라 가는 자궁 속에서. 한 번만 창을
열 수 있다면, 하는 헛된 생각. 여긴 들판이야. 창 같은 건
없어. 없더라도 무언가 열 수만 있다면, 하는 헛된 생각.

조그만 배의 불빛.

　　(혼魄의 암중모색.

　꺼지지 않고,

　　　살아나지 않는

　　　　불빛 하나.)

뉘우침

뉘우침,
뉘우침의 푸른
바다 같은 아름다움
햇빛이 들어온다
펼쳐질 일들의 꿈 같음
꿈의 물보라 같음
나머지는 꿈으로 떠 있는 것
꿈으로 흐르는 것
꿈으로 부딪치는 것
부딪치면서 혀를 밀어 넣고
다시 빼내는 일의
푸른 바다 같은 아름다움
아하, 햇빛이 머릿속
뗏국물 위에
적敵의 얼굴을 비춘다

절망

절망은 임신한 고양이의 눈과 감춘 발톱에, 절망은 분식집 쓰레기통 뒤지는 개의 백태 긴 혓바닥에, 절망은 70% 할인 옷가게에 내걸린 먼지 앉은 겨울옷에, 절망은 늦은 아침 머리칼 쓸며 아침밥 시키는 동네 놈팡이의 낡은 구두에, 절망은 이발소 문을 열고 캭, 침 뱉는 사내의 흰 가운에 꽂힌 양철 빗에, 절망은 세숫대야 옆에 끼고 목욕탕 나서는 술집 아가씨의 붉은 머리에, 절망은 정사의 절정에서 숨넘어가는 극장 간판 두 남녀의 뒤집힌 눈꺼풀에, 절망은 아직도 차가운 모래밭에 얼굴 묻고 울고 있을 옛사랑의 울음소리에…… 그때 너는 거기 있었고, 거리낌 없이 배반했다

슬픔에 대하여

내게 무슨 뽕나무 같은
슬픔 있어
해마다 뒷산에 올라
다래끼 가득 뽕잎을 따서
그 많은 누에들 다 썰어 먹이고
꼬물거리는 그것들
추울세라 군불도 때 주고

내게 무슨 집게칼 같은
슬픔 있어
연필도 깎고 수수대궁도 깎고
말 안 듣는 손가락도 깎고
집게칼 끝에 실을 매어
허리에 차고 다니기도 하고
심심하면 마루기둥에 꽂아 보기도 하고

내게 웬 강아지 같은

슬픔 있어
밥도 먹여 주고 함께 놀러도 가고
밤엔 한 이불 속에서 자고
오줌을 싸도 같이 자고
복날 잡아 보신탕을 해도
다시 돌아오고

내게 웬 할머니 같은
슬픔 있어
잔소리 끊일 새 없고
노망해 비름박에 똥칠하고
속옷 바람으로 장 보러 가고
비 오는 날 마당에서 춤추고
제정신 돌아오면 나를 업고 마실도 가고

그러다 세상 뜨면
삼일장으로 모시고,

장사 치르고 돌아오면

안방에 드러누워 헤헤 웃기나 하고……

치욕을 향하여

세상은 내가 파괴한 것들로 가득 찼다
나는 거기서 아침을 먹고
담배에 불을 당겼다
불의 눈동자가 나를 사로잡았다

아침을 먹었는데도 배가 고팠다
나는 배가 고프다고 말했다
길 가는 사람들을 잡고서,
배가 고파요, 배가 고파요……

사람들이 장대를 가져와
나를 매달았다
그들의 등에 매달려 가면서
그들의 튼튼한 등이 부러웠다

이 새끼는 지능범이야,
제 입으로 불도록 해야 해……

나는 슬펐다

슬퍼할수록 더 슬펐다

가슴 깊이 불의 눈동자가 맴돌았다

그것

생각하면 할수록 괴롭고
생각 안 하면 안 할수록 괴롭고
피하면 피할수록 달라붙고
내버려 두면 둘수록 달라붙고
팽개칠수록 튼튼해지고
걷어찰수록 단단해지고
굶길수록 뚱뚱해지고
숨길수록 빛나는 그것,

말하면 창피하고
말 안 해도 창피하고
소리 지르면 무섭고
소리 안 지르면 불안하고
삼키면 올라오고
뱉으면 안 뱉어지고
아버지를 닮고 자식을 닮고
어머니를 닮고 처녀를 닮고

나를 닮은 그것,

그것으로 밥해 먹고
그것으로 옷 해 입고
그것으로 글씨 쓰고
그것으로 목욕하고
그것으로 기도하고
그것으로 죽는 나는……

순간보다 짧은 영원과
영원보다 긴 불행 사이,
한쪽 다리 쳐들고
개처럼 오줌 질기는 나는
언젠가, 개들 보는 앞에서
개처럼 죽어 갈 나는……

나는 종달새 새끼

밀밭 사이로 간다
나는 종달새 새끼
밀밭 사이로 고요히,
몸은 아프고

이 하늘은 누구 건가요?
나는 종달새 새끼
보리 이삭 물고
추락해도 되나요?

보리 이랑 사이로
날개 접고
아픈 곳도 접고
고요히, 추락해도 되나요?

나는 종달새 새끼
누구라도 조금은 그러하듯이,

또 아픈 곳이 빛나며
털이 빠진다, 순모純毛가 빠진다

그 몸으로

그 몸으로 기쁨을 잡아먹고
그 몸으로 공포를 살찌우고
그 몸 바깥에 아크릴 간판을 달고
그 몸 바깥에 카바이트 등을 달고
등대처럼
등대처럼
……

물 위를 걷고
욕정의 끝까지 피로의 끝까지
작살을 타고, 그냥 화살표라도 타고
그 입으로 연기를 내뿜으며
그 입으로 엔진 꺼지는 싱거운 소리를 내며
그 몸보다 무거운 화물을 싣고
치욕의 끝까지……
그 몸보다 더 큰 기생충을 키우며
구충제는 입에도 안 대고
그 몸보다 큰 슬픔을 업고

그러나, 그 몸이 썩는 줄을 모르며

끝까지, 치욕의 끝까지……

우리는 고통받고 있으므로

우리는 고통받고 있으므로
우리는 고통받고 있으므로
천국의 입구에서
향기로운 병신들
향기로운 우리는
무슨 노래를 불러야 할지 모르므로
어느 날은 이 삶의 기울어진
담벽을 사뿐히 뛰어넘을 것을 믿으며
천국의 입구에서
고통은 앞을 막고 뒤를 끊고 옆을 치고
천국의 입구에서
보고 싶어라 퀭한 눈,
주저앉은 코와 쭈그러진 이마
듣고 싶어라,
사람 숨소리 사람
일어나고 주저앉는 소리
사람 그림자 땅에 끄이는 소리

맨홀 뚜껑에 고여 있는 사람 냄새 맡고 싶어라
천국의 입구에서
향기로운 병신들
향기로운 우리는
무슨 노래를 불러야 할지 모르므로
향기로운 괴로움이
스스로 괴로워할 때까지
우리의 피는 초록,
꿈의 주방에선
요란한 종악鐘樂이 울려 퍼지고
궐기대회, 향기로운
병신들의 궐기대회

나는 가나다 말도 못다 닛고

입이 있어도 말 못 한다 한다 못 한다
손바닥에 그림을 그린다
팔려 간 강아지와 팔려 간 검둥이와
팔려 간 종과…… 팔려 간 종의
깨어진 종소리에 흔들려
노래한다, 나는 가다다 말도 못다 닛고
가나니 잇고 (병영兵營의 아침 밥 타는 냄새
가솔린 냄새, 정액 냄새)
말 한다 못 한다 입이 있어도 말한다
궁지에 몰린 암사슴의 배에 붙은
새끼 사슴의 평화로운 자세에 대해
말한다 못 한다 말한다 노래한다
나는 가나다 말도 못다 닛고
가나니 잇고 말 못 한다 반드시 말한다
욕된 세월의 허벅지의
깨물고 싶음에 대해 (고통의 나들이,
찌르릉 고통의 자전거를 타고)

말한다 못 한다 욕된 세월의 두엄더미에서
아들을 낳고 아들의 계집을 범하고
말한다 못 한다 한다 못 한다.
나는 가나다 말도 못다 닛고 가나니 잇고

나사로야, 나사로야 일어나 밥 먹어라

내 잘못된 교육과 나쁜 건강과 칩거생활
밑도 끝도 없는 시를 쓰게 하는
어질머리와 속병과
궂은 날 노오란 햇병아리마냥 뛰노는 기쁨과
축축한 가마니때기 위에 잠시 빛나는 성性

나는 이 지루한 날보다 더 지루한
길고 먼 안타까운 글을 쓰고 싶다
가령 나의 일생에 대하여,
빚진 사랑과 슬픈 행복에 대하여, 쓴다면
쓸 수만 있다면

내가 쏟아 놓은 말들 너머
은방울꽃 손에 쥐고, 종달새 노래 따라 부르며
부활하리라, 한다면
우리 동네 연탄도 끌고 벽돌도 나르는
나귀를 빌려 타고

뜬소문 만발한 예루살렘 뒷골목으로 가리라,
가리라는 것은 한번 해 본 말

나는 내 말을 믿지 않고
내 글을 믿지 않고
내 잘못된 교육과 나쁜 건강과
이제는 낙도 없는 칩거생활을
확실히 믿으며, 답답한
답답한 사망死亡의 골짜기로 끌려가는 것이니

그때 들려올 희미한 주님 목소리
—나사로야, 나사로야
일어나 밥 먹어라

언젠가 내가

언젠가 내가 결혼했다는 것을 알게 되리라
지금은 아니지만 언젠가 내 손자가 유치원에
다닌다는 것도 알게 되리라 틀림없이 알게 되리라

모르는 것 빼놓고 나는 다 안다
모르는 것 궁금해 남에게도 물어보지만
해답이 미리 정해져 있다는 것까지 다 안다

지금 내가 외우는 각본, 하다못해
글로 쓰고 찢고 다시 써 보는 각본,
을 고치려면 죽어야 할, 골백번

죽어야…… 밑 빠진 독에 물이 차리라
찰찰찰 넘치다가 걷잡을 수 없이 쏟아져
수력발전소 몇 개쯤 세워도 될

슬픔…… 어디서 어디까지가 기쁨이며

어디서 어디까지가 괴로움인지 모를 때
묵묵히 고개 숙이고 황혼에 처박히는 나,

언젠가 렌트한 나귀 타고
고향 가는 길, 입도 코도
문드러진 문둥이 만져 주고
몇 푼의 노잣돈 얻게 될는지,

언젠가 목숨줄 목에 걸고
신나게 달리는 썰매 위에서
원치 않는 이 미친 놀이를
당장에라도 끝장낼 수 있을지,

언젠가, 언젠가 나는 알게 되리라

푸른 개들을 위하여

1

개들은 하늘에 살았다
나는 지붕 위에 올라가 종을 쳤다
멀리서 (다가오지 못하고) 사람들이 손을 흔들었다
개들은 하늘에 살았다
개들은 꿈속에서 옷을 갈아입었다
세월은 개들을 위해 흐르지 않았다
개들을 위해
개들을 위해
나는 기도 드렸다
개들의 이름으로, 아멘!

2

여름날 아침 흰 눈이 내렸다
개들이 더러운 발자국을
찍으며 하늘 위로 달려갔다

나는 큰 소리로 불렀다
개들아 개들아 개들아
젖 먹던 힘으로 불렀다
사랑아 사랑아 사랑아
계란으로 바위 치는 힘으로 불렀다
내 입에서 눈에서
계란 노른자가 터져 나왔다

개들은 하늘에 살았다
개들을 위해, 세월은 흐르지 않았다

3

푸른 개들을 위해 나는 노래한다 나를 에워싸고
있는 푸른 개들을 위해 호루라기를 분다 개들,
사뿐사뿐 돌아온다 푸른 개들을 위해 나는 단상에
올라가 일장 연설을 한다 사랑하는 개들아 너희는
참 아름답구나 너희의 푸른 털이 들에 핀 백합보다

아름답구나 사랑하는 푸른 개들을 위해 나는 갓 차린
밥상을 갖다 바친다 찬그릇이 깨지고 개들이 배를
채운다 나는 개들의 허기가 어떤 것인지 안다
개들이 배를 채우는 동안 나는 한 걸음도 물러나지
않는다 트림하는 개들이 나를 에워싸고 바지를 찢고
나는 박자를 맞춘다 내 알몸이 넘실대는 푸른 개들의
물결 위에 떠 있다 푸른 개들이 내 알몸을 물고
하늘을 달린다 나는 운다, 내 가슴에서 흐르는 푸른 피
아, 놀고 있는 푸른 개들은 참으로 아름답구나

천주의 어린 양

1

천주의 어린 양 천주의 어린 양 세상의 죄를 마셔
버린 어린 양 천주의 어린 양 세상의 콧구멍에 불
침놓는 어린 양 천주의 어린 양 동물 우화에 나오는
어리석기 짝이 없는 어린 양 시험용 사육장에서
마른 풀 뜯는 어린 양 주사 바늘에 찔리며 눈꺼풀
뒤집는 어린 양 천주의 어린 양 로타리클럽 뱃지
단 어린 양 다른 양 몫의 풀을 가로채는 어린 양
세상의 빛 세상의 소금 세상의 푸른 잎사귀 세상의
푸른 똥 천주의 어린 양 가죽 벗기고 발톱 뽑히고
붉은 땀 흘리는 어린 양 반지 끼고 포도주 마시며
곱사춤 추는 어린 양 천주의 어린 더러운 병든 양
소심하고 교활하고 잔인하고 비겁한 어린 양 세상의
죄를 다 마시고 설사하는 어린 양 목 졸리기 전에
잠깐 하품하는 어린 양 목 졸린 후에도 칭얼대는
어린 양 칭얼대고 나서는 잠꼬대하는 어린 양

2

양떼가 쉬고 있다

시름 없는 양이 시름 있는 양을 위로한다

시름 없는 양이 시름 있는 양에게

제 몫의 풀을 갖다 준다

고마워요……

풀잎 사이, 날카로운 유리조각

혼례

나는 급히 계단을 뛰어 올라갔다
홀 안은 드문드문 자리가 비어 있었고 파리 몇 마리가
쏟아지는 햇빛을 가로지르며 날아다녔다
단상 위에 그려진 봉황은 군데군데 색이 바래고
마이크에서는 끽끽거리는 소리가 났다
맥고모자에 붉은 구두를 신은 시골 할아버지 몇은
허허 웃으며 담배를 빨고, 흰 머리의 허리 굽은
노파들은 손주들을 달래느라 분주했다
나는 친구들과 악수했다 한 녀석이 내 별명을 부르며
귀를 비틀기도 했다 일찍 관을에 오른 친구는
머리를 틀어 올린 부인과 네 살 된 아들과 함께
뒷자리에 앉아 있었다
나는 아이를 덥석 안아 들어올렸다
"이름이 뭐지?" 아이는 눈을 내리깔고 내 넥타이를
만지작거렸다 다시 박수소리가 들리고……
우리는 끼리끼리 모여 앉아 안부를 묻고, 세상 얘기를
소리 낮추어 하고, 또 한 번 박수소리……

뒷자리에서 갓난쟁이가 울기 시작했다 애 엄마는
입을 틀어막았지만 막무가내였고, 검정 점퍼의
사내가 플래시 터뜨리며 셔터를 누를 때,
킥킥거리는 처녀들 머리 위로
굵은 파리 한 마리가
박수소리에 놀라 날아갔다가, 다시 앉았다
또 한 번 마이크에서 픽, 소리가 들릴 때
나는 잠깐 나뭇가지에 거꾸로 매달리는 듯했다
마침내 식이 끝나고 나도 열심히 박수를 쳤다
기념촬영이 있은 후, 근처 식당에서
늦은 점심을 먹을 때, 밥 나르는 여자가 잘못하여
신부 친구들 머리 위에 고깃국을 쏟았다
회사로 돌아오는 길은 무척 더워서
넥타이를 풀어 주머니에 쑤셔 넣어야 했다
길가에서 우는 아이가 놓친 풍선처럼, 나도
구름 한 점 없는 하늘 위로 둥둥 떠오르고 있었다

1981

산요 면도기

이놈은 산요 축전식 면도기. 충전을 마치고
스위치를 누르면 전신으로 떨면서 수염을 깎아 댄다.
모터가 좋아서 튀어나올 듯이 돌면, 나는 아연실색한다.
필요 이상으로 긴장하고 운동하는 치들에 대한 경의?

한밤중에도 면도기를 꺼내 스위치를 누른다.
밤의 심장의 고동이 소심한 나의 심장을
놀라게 한다. 필요 이상으로 긴장하는 것들 앞에서
나는 터럭지 하나라도 더 내놓으려고 조바심한다.

중학생

중학생들은 어디로 가는가. 학교를 파한 애늙은이들은 어디
로 가는가. 중학생의 처妻들은 어디에 있는가.
중학생들은 입을 가리고 웃는다. 중학생들은 길에서 아이스
크림을 사 먹는다. 중학생들은 팔을 걷어붙이고
쌍욕을 한다. 저런 자식들을 둔 부모는 행복하리라. 우리 모
두 행복하다. 중학생들은 무슨 걱정이 있겠는가.

중학생들은 어디로 갔는가. 중학생 교복은 지금 횃대에 걸려
있는가. 중학생들은 언제 졸업하는가.
누가 일등을 하고, 누가 꼴찌를 도맡아 하는가. 중학생들의
처들은 언제 아기를 갖는가.

중학생들이 사라진 공원에 나는 뒤늦게 입장한다. 중학생들
이 뿔뿔이 흩어진 밤에
우리의 꿈과 사랑을 탕진한 중학생들에게 나는 일장 연설을
한다. 사랑하는 중학생들이여,
너희는 지금쯤 골방에 틀어박혀 영어책을 세워 놓고 수음手淫

을 하고 있겠구나.

중학생 제군, 그리곤 곧 잠이 오겠지. 너희들은 영원히 행복
할 것이다.

산행

꼭 영험이 있다는 것이었다 무엇을 빌어야 할까
지난 일요일에 사귄 맥줏집 여자애들과 산을
올라가는 길, 김 형은 자기 파트너 손을 잡고
고향 얘기를 하고 나뭇가지 꺾어 든 박 형은
기운이 부친 듯 멈춰서 산봉우리를 올려다봤다
이젠 나이를 알겠노라고…… 얇게 구름 깔린
산허리엔 기괴한 바위들이 위태롭게 서 있었다
내 파트너는 박 형 파트너와 월부 전축 얘기를 하며
힐끔 나를 돌아다봤다 꼭 영험이 있다는 것이었다

산은 점점 더 가팔라졌다 그러다가 허연 나무들이
줄 지어 선 공지空地로 빠져 들었다 물 먹은 지 오랜
바위들이 군데군데 엎드러져 있었다 여자애들 웃음
소리가 푸른 하늘로 빠져나가고 우리는 깔깔대는
그녀들의 무릎을 베고 잠시 누웠다 땀방울 흐르는
좁은 이마엔 지워진 분 자국, 꼭 영험이 있다는데
뭘 빌어야 할까, 그냥 한숨 푹 잤으면 하는데……

중봉엔 대처승 암자가 있었다 이 절은 산봉우리에 있는
갓 쓴 부처님 덕분에 떼돈을 번다고…… 늙은 중이
못마땅한 듯이, 여기서는 담배를 피워선 안 된다고 했다
중의 흰 머리가 검은 머리와 잘 섞여 맥반석처럼 보였다
내 파트너는 꾸지람 듣는 내내, 손거울 보며 머리를 고쳤다

조금씩 빗방울이 떨어졌다 여자애들은 더 이상은
못 가겠다고 버텼고 박 형도 김 형도 고개를 끄덕였다,
그럼 그렇게 하자…… 여자애들 젖은 가슴이 드러나고
축축한 치마는 허벅지에 달라붙었다 암자 뒤에서,
박 형과 김 형은 자기 파트너를 껴안았다 나도 내 파트너
손을 잡았을 뿐인데 전기 같은 것이 찌릿했다 산을
내려가면 빈 여관을 잡아 비 그칠 때까지 놀다 가자고
그녀가 속삭일 때, 석유 먹은 듯 목구멍이 타올라 왔다

기차

앞을 못 보는 그들은
내상內傷을 입고 성년이 되었다
무수히 헤어지고 다시 만나지 못하였다
깊이, 살 속의 촛불이 타고 있었다

아직도 그들은 바라본다
아득히 눈이 내리어 감싸 주는 공간을 열고
금방이라도 부서질 듯한 기차가 달려간다

어떤 추억도 생생한 여기,
또 불길한 얼굴이 나타난다
길이, 불길함이여!

그리고 나, 당나귀는 곧 팔려 갈 예정이었다

그리고 그곳에 죽음의 세월이 흘러 거리엔 늙은 고양이가 어
슬렁거리고 숟가락만 한 파리가 밥상에 앉았다 산비탈 교회
의 종鐘이 갈라진 울음을 울고 악성惡性 치욕이 땅거미처럼 깔
릴 때, 골목에선 포주의 아들들이 겁 많은 처녀들을 희롱하
고 불 밝은 거리는 사타구니를 벌리고 웃었다

너는 오지 않을 수 없었다
너는 왔다

처음에는 음악으로 왔다
높낮이도 울림도 없는 음악이었다
기억의 성城이 무너지는 아침,

그러나 끈에 묶인 새들은 죽음의 강을 넘지 못하고
아픈 세월의 오두막집에선
밤낮 없이 상床 두드리는 소리, 상 두드리는 소리

그리고 너는 다시 나타나지 않았다
며칠 밤이나 편지를 썼지만
나는 어디로 부쳐야 할지 몰랐다

"그리운 너에게: 당나귀를 잊지는
않으셨겠지요? 보고 싶어요,
한 번만 들러 줘요……"

그리고 나, 당나귀는 곧 팔려 갈 예정이었다

베다니에서

1

여기서 우리는 고통의 팔만대장경을 만들며
나고 싸우고 죽고 병들고 결혼하고
우리는 우리가 하는 짓을 모르니
아버지, 저들이 저희가 하는 짓을 모르나이다
해 보기도 하며

돌아오는 것은
욕본 누이 욕된 세월,
정든 땅 언덕 위로 속치마를 날리며

여기서 선인장은 서슬 푸른 가시 위에
붉은 꽃을 피우고
멋모르는 고무나무의 기쁨은 턱없이 싱싱하니
아버지, 저들이 저희가 하는 짓을 모르나이다
해 보기도 하며

정든 유곽에서,
횟집 수족관에서 우리는
고통의 팔만대장경을 깎고 읊고 춤추는 것이니
아버지, 오늘 밤 우리를 노리는 눈들을 거두어 주시……
지는 않겠지만

아버지, 오늘 밤 이 자리에서
바라마지 않는 것은
부디, 아무 말씀 마시고 부디 신경 끄시기를……

여기서 우리는 고통의 타이프라이터를 두들기며
고통의 팔만대장경을 만드는 것이니

2

주말마다 극장 간판이 바뀌고
물가가 오르고 목숨 값이 떨어지는 거기
쌀쌀한 아침이면 전파상 유행가 소리와 함께

만수향萬壽香 진하게 풍기며 코흘리개 아이들의 목을
감는 거기, 티 없는 처녀들과 달리아꽃이
한 묶음씩 팔리는 거기, 아니면 달리 갈 곳도 없는 거기
늙어 눈이 빛나는 사내가 깍듯한 수위의 경례를 받으며
넘실대는 차에 올라 늘어지게 허리 펴는 거기

태어나고 죽고 병들어도 안 아픈 거기
생선 뼈와 과자 껍질의 고향
콩으로 메주 쑤는 거기

어리석고 졸렬한 자가 가르치고
순진하고 단순한 자가 배운다고 생각하고
음란한 자가 주례 서고 썩고 돌이킬 수 없을 만큼
썩은 자가 설교하는, 언제나 평화로운 거기

육교 계단을 내려오는 염소새끼처럼
비트적거리며 나는 살았다

3

치욕처럼 흐르는 촛농을 바라보다가
잠이 들고
흉한 날들이 안개의 숨을 들이쉬고 내쉬는 소리
들으며 잠이 깨고

아침이면 지도가 바뀌는 나라
'아침 바다 갈매기는 금빛을 싣고'의 그 추잡한 금빛을
나는 뺨에도 싣고

'아빠, 오늘도 무사히!'라는
스티커에 키스하고
응어리진 가래는 뱉지 못하고

나사렛에 가면 아직 그 사내가 쓰던
대패와 장도리가 남아 있을까,
생각도 해 보며

그 무슨 뚱딴지 같은 생각, 끝에
아직 태어나지 않은 내 딸의 혼례에 초대할 사람들
명단도 뽑아 보며,
그 무슨 쓸데없는 조바심에 취해

무사히,
창 없는 사무실에서 연신 눈치를 보며,
아빠, 오늘도 무사히!
—그래, 약 먹은 쥐처럼……

4

그날 슬픔의 얼굴을 보았지
지푸라기 떠 있는 웅덩이에
안개꽃 몇 송이가 던져졌지
아, 소리치면
워, 하는 소리가 들렸지

······떠나야 했어
쇠붙이 달린 우산들이 끼룩
거리며 떠올랐지
끼룩거리며 우산들이 멀어졌지
······떠나야 했어
말들은 이빨에 끼어 썩은 냄새를
풍기고 입천장엔 전깃줄이 뒤엉켰지
대낮인데 라이터 켜고 보았어
목 쉰 구호를 외치며
무등 탄 사람들이 떠밀려 갔지
······떠나야 했어
기억 속의 놋요강 울리며
바께쓰를 뒤집어쓰고
만수향 진하게 흘리며
은하수에 발 적시고
혁대 풀어 종아리를 치며

5

내 슬픔의 안짱다리……로 걷는다
유곽의 밤과 낮으로 구미 돋우는
내 슬픔의 편육片肉
내 슬픔의 솔방울, 죽은 자식들

슬픔은 끝없음으로 슬픔이며
포대기에 싸여 웃음짓는 개죽음,
일 년 삼백육십오 일 복날

어느 날엔 발목에 감긴 그물을 걷어차고
훨훨 날개 칠 것을 믿어 보며
죽음의 밥상 뒤엎고 벌떡 일어설 것을
믿어 보며

너무 슬퍼 밥을 못 먹을 때도
믿어 보며

너무 슬퍼 밥을 못 먹으면 어머니가
시루떡을 쪄 주신다, 오냐

이 슬픔이 지나가면
눈꺼풀 내려오고
갈빗대가 내려앉고
대들보와 축대도 내려앉을 것이다, 오냐

죽음의 집의 기록

1

또 날이 새면 철 이른 고통이 눈발과 함께
십자가를 덮고 너는
밤새 키웠던 새끼를 사산死產한다

출발한다, 제자리걸음으로 제자리!
생각만 해도, 생각만, 생각하는 것이다 그러면
아침 미사가 끝난다

닭들은 날개를 치며 지평선을 부수고
(부서지지 않는다) 다시 출발
출발해 출발한다 못 해! 출발한다

아베 마리아 (눈발에 묻혀) 아베 마리아

2

우리는 잠시 여기 있다 가는 것이니 그날 노인은
안경을 벗고 여학생은 교복을 벗고 비루먹은 말은
비루먹은 가죽을 벗고 돌아간다 여기 점심 먹으러
왔던가 얼마나 시장해서 왔던가 그날 우리는 소리
없이 스며들 것이니 거기서는 아무도 연애편지를
쓰지 않고 아무도 보고 싶지 않고 고통 붐비는 곳에서
시를 쓰지 않고 창피할 것도 없이 창피 못 할 것도
없이 벌린 입에서 끝없이 녹슨 사슬을 게워내며 우리는
날지 못하며 날개를 생각하며 거기서는 아무도 기다리지
않고 병이 사라지고 슬픔이 사라지고 이기고 질 것도
없이 견딜 것도 없이 뺨에 흙을 칠하고 썩은 피로
썩은 뿌리를 적시며 우리는 우리와 헤어질 것이니

3

푸슬푸슬 온몸이 아플 때는 가리라 황사 자욱한 봄날
너무 어두우면 등불을 달고 바지 찢어 치마폭처럼 날리며
황사 자욱한 하늘에 오르면 처음엔 발이 빠지고 다음엔
무릎이 빠지고 손으로 기어가리라 가서 친구의 아픈 배를
비벼 주리라, 주리라고 나는 다짐하지만 푸슬푸슬 온몸이
아픈 봄날 창 없는 사무실에서 가고 싶어라 황사 아득한
봄날 웬 아이가 놓친 풍선처럼 가서 비리고 비린 살 냄새를
풀어 버리고 갑자기? 갑자기, 사람이? 사람이 그리워지리라

4

이제는 갈 수 없는 곳에서 비가 내리고 이제는 사랑할 수
없는 곳에서 손을 놓는다 이제는 갈 수 없는 곳에서 솔방울이
울고 씀바귀가 울고 소 방울도 울고 더는 사랑할 수 없는
곳에서 입술은 말발굽 소리를 내고 귀는 냄비 뚜껑 소리를
내고 혓바닥은 난초 잎처럼 빛난다 오래 빛나거라 이제는

갈 수 없는 곳에서 비가 내리고 비 맞은 전깃줄이 얼키고
설킨 줄을 흔들며 춤추고 더는 춤출 수 없는 곳에서 솟는다
비의 불꽃 비의 축축한 불꽃 축축한 마음의 불꽃 축축한
내의內衣의 불꽃 바지처럼 달라붙는 축축한 사랑의 불꽃 이제는
더 어둡기 전에 연지 찍고 곤지 찍고 속눈썹도 달고 나사렛의
그 사내를 찾아갈까 이제는 갈 수 없는 곳에서 비가 내리고
바람 불고 물 흐르고 이제는 갈 수 없는 곳에서 손톱 발톱
다 깎고 구두도 닦아 놓고 꽃피는 물과 욕보는 물을 바라
보면서 타오르는 물기둥 바라보면서 가리라 지금은 아니라도
숯꺼멍 칠하고 문신 새기고 내장도 내어 보이며 가리라 비
안 오는 곳으로 피 안 흐르는 곳으로 가리라 지금은 아니라도
가리라 앉은뱅이 등에 업고 늙은 소 등에 업고 녹슨 쟁기를
등에 업고 가리라 이제는 갈 수 없는 곳에서 비가 내리고

5

그리고 아침이 왔다 아침은 한 마리 흰 말처럼

내 앞에 와 무릎을 꿇었다 나는 손가락으로 말의
갈기를 빗겨 주었다 그는 무슨 말인가 하려다
그만두었다 말해 봐, 괜찮아, 말해 봐! 그는
나에게 떠나라는 시늉을 했다 공기가 파르르
떨렸고, 나는 숨을 안 쉬고 침을 세 번 삼켰다
어머니, 제 갈아입을 옷을 꺼내 주세요 어머니
제 새 구두는 어쨌나요 누이가 울기 시작했다
괜찮아 바보야, 괜찮다니까! 소 방울을 든 사내가
앞장을 서고 여덟 명의 사내가 가마를 멨다
사내들의 벌어진 가슴팍에 도르르, 땀방울이
굴렀다 나는 얼른 뛰어내려 대문 앞의 흙을
한 줌 움켜쥐었다 발로 내 손가락을 짓이기며
그가 말했다, 이 새끼 여기가 어딘 줄 알고!

행복에 대하여

1

침몰하는 기쁨을 배우세요
정다운 사람들 보는 앞에서
빙그르르 돌며
발보다 먼저 손이 땅을 짚는 기쁨을,
땅을 치는 기쁨을…… 그 다음에는
아무 데서나 침몰하는 법을 배웁니다
방바닥에서, 구들장 밑에서
침몰한 데서 다시 침몰하는 기쁨을
멈추지 마세요,
손은 계속 땅을 쳐야 합니다
소리 지르지 마세요, 기쁨이 달아납니다
손은 계속 땅을 쳐야 합니다
떡을 치듯이……

2

얼어붙어 볼까요
엉덩이에 아무것도 걸치지 마세요
나쁜 기억들을 자꾸 생각하세요
머리카락 하나하나
아무 쪽을 향해서나 쭉 뻗치세요
떠오릅니까, 떠올라요?
처음엔 늙은 어머니가,
다음에는 불구의 자식들이……
미끼 없이 물리는 가엾은 것들,
사랑! 이라고 말하세요
속삭임이 얼어붙을 때까지
다음엔 창피! 라고 속삭이세요
가만히 계세요,
사랑이라는 말과 창피라는 말이
서로 껴안고 다른 말이 될 때까지

아, 뱃가죽이 따뜻해 옵니까?

3

불러 세워 주세요
―오, 너로구나 어디 가니?
죽음역驛에 가지요, 이렇게 내가 대답할 테니까요
―아냐, 죽음은 역이 아니야, 가게야
뭘 파는 줄 알아? 밥도 팔고 신발도 팔고 몸도 팔지

불러 세워 주세요
죽음역에 가야 해요, 거기서 차를 타고 멀리 가야 해요
소리 들려요, 낮게 우는 차들이 안절부절 보채는 소리
―아냐, 죽음은 역이 아니라니까,
몸 팔고 빚지면 넌 편지 할 거니?

그래도 나는 갑니다
빨리 안 가도 좋아요, 누구나 밀려가면서 기뻐요

꾸물꾸물 욕보는 즐거움
소리 들려요, 낮게 우는 차들이 안절부절 보채는 소리

4

이 세상에서 낙반사고 당한 사람들에게
내가 띄우는 편지

"잘 있었어요? 마침내 나도 당했군요
거기서는 어떻게 지냅니까?
높은 포복입니까, 낮은 포복입니까?
어제는 내 친구가 깡통을 차며 걷는
법을 가르쳐 주었답니다
빈 깡통이 구르는 소리……
청명한 하늘에 울려 퍼지더군요, 등등

5

사람 모습으로 치욕이 떠나간 후
내게 남은 물결 한 자락,
물결이 치미는 방향으로
흩어진 나를 모아 놓습니다
이건 눈이고, 저건 입술이고……

아, 지금은 피 한 방울이 아깝습니다

분지 일기

1

그윽한 창살, 또 그곳에 부는 그윽한 바람
어느 마을에선가 죽어가는 염소의
피 냄새가 섞여 있었다

―피 흘리라, 아버님 말씀!

나는 조용히 문을 밀고 나와,
강가에서 한 처녀에게 아이를 배게 하고
갈대밭에 엎어지리라, 엎어져

피 흘리리라!
조용히······
가슴이 상傷한 짐승처럼······

2

너의 머리 위로 서둘러 지나간 것은 충동이었다
상傷한 피와 기억을 끓이는 충동, 비등점에
오르기 전에 너는 식어 가고 있었다

해가 지면 또다시 끓어오르는 물방울 같은 삶,
혹은 그 사이로 나타나는 정밀한 세부細部

오, 살아야 할 시간들
이야기와 살肉을 나눌 아무도 없고
네가 바라보는 곳은 깊고, 어둡고, 한없이 부드럽고

천천히, 아주 천천히
기억 속의 불꽃이 흔들린다

3

지금 내 손은 어떤 최초의 손처럼 너의 어깨를 감싸고
내 가슴 위로 너는 힘겹게 침몰하지만, 너는 알지 못한다
지금 내 손은 허기진 이파리처럼 늘어져 있고 손가락은
다시 꺾이지 않을 것처럼 풀려 있어도, 너는 알지 못한다

지금 내가 감겨진 네 눈꺼풀 밑으로 최초의 파도로서
밀리고 있을 때, 밀리는 파도 그 너머로 네가 바닷새처럼
떠 흐를 때 한없이 떨리는 이 세상의 낮은, 낮은 어깨……

4

세상 끝에서 다시 시작하는 울음
이빨을 무너뜨리고 입술을 뭉개고 뻗어나가
강변 느티나무 뒤에서 엷은 안개로 풀리는 것

실밥이 틀어지듯 우리 몸에서 죄가 풀리고

경련하는 입에서 거친 숨소리가 가라앉을 때,
아무도 이보다 현란한 땅을 보지 못했으리라

헛되이 괴로움은 나를 이기려 든다

5

내가 그를 안으면,
그가 나를 보고 웃고
내가 그를 보고 웃으면,
피 마르는 소리로
그가 내 이름을 부르고
아하, 잦아드는 피 끓는 소리

사내여, 사내여
세상은 헌 딱지와 피고름에
어리어 아름답다

6

마음속 검푸른 산으로 가지 못하네
햇살은 녹고 입천장에선 눈송이가 떨어지네
가지 못하네 죽은 아이 등에 업고 가지 못하네

돌아보면 먼 곳에서 우체부가 오네, 너무 늦었다고
항상 너무 늦은 일, 늦었어
갈 수 없네……

가야겠네, 그대 잠 위로 낮게 날아 저녁 무렵
거기 닿겠네 뱃길 물길 다 끊어져도
거기 가겠네, 가서 깃털처럼 그대를 스치겠네

거기 가겠네 남은 살비늘 털어내고, 아직 빛이 남은 곳으로
거기 가서 며칠 더 웅크리고 있다가, 사랑의 기억도 털고
물 묻은 강아지처럼 머리 흔들며 컹컹 짖어도 보겠네

7

거기선 아무도 우리를 기다리지 않으리라
가슴에 창을 내고 우리 거기 서면
더는 기쁠 것도 슬플 것도 없이 날이 밝고
개가 짖으리라, 더는 기쁠 것도 슬플 것도 없이

가슴에 창을 내고 거기 등불도 달고,
돌아 구비치는 길에는 돌기둥을 세우리라
하여 서럽지도 않은 것들 명절 전날 저녁처럼 찾아와
반갑게 이야기하는 동안, 하늘의 별들 오래 서성거리고
밤은 뒷걸음치다 나의 발을 밟으리라

그러나 모두 모여 지난 일에 목이 멜 때
사랑하는 이여, 거기서 나는 빠지리라
연한 살에 번지는 곰팡이처럼 도처에
살아나는 옛날의 불꽃, 혼자서 바라보리라

8

우리가 몇천 년을 살아온 이 겨울에
눈 녹듯이 우리가 녹아 흐를 때,
불붙은 석탄처럼 환하게 흥청거릴 때

우리가 몇천 년을 살아온 이 겨울에
우리의 허기진 목소리가
어둡고 긴 석회동굴처럼 뚫릴 때

살아 돌아온 것을 기뻐하라
영원히 헤어지기 위해 우리는 잠깐 악수했고
영원히 잠들기 위해 우리는 잠깐 눈 감았으니

기뻐하라, 세상의 태반은 안개
태반은 타오르는 불꽃, 기뻐하라
유난히 괴로움이 사랑스러운 이 겨울에

9

이제와 항상 영원히 수의壽衣에 쌓인 가슴을 열고
이제와 항상 영원히 안개 속에 흔들리는 나뭇잎처럼

이제와 항상 영원히 관棺이 좁을 땐
손발을 뻗어 넓히고
부서진 관 뒤에서 어머니가 울면
바라보고, 바라보고
어머니의 울음이 끝날 때까지

이제와 항상 영원히 헤어진 애인이 찾아오면
자는 척하리라 울며 땅을 치면
못 본 척하리라
이제와 항상 영원히 해지는 나라에서

—깨워 다오, 잠든 머리를
시멘트 바닥에 쿵쿵 내리쳐서라도 깨워 다오

10

그대가 헤매는 어디에나 예각銳角이 있었다
가장 부드러운 물결 안에서도 한 물결은
다른 물결의 아픈 데를 건드리고,
가늘고 긴 울음소리가 들렸다

그대가 믿었던 가장 단단한 것들 속에도
벌어진 틈이 있었다 그대의 작은 희망은
소리 없이 빠져나갔다

지금, 비 내리는 낯선 곳에서 그대의 살은
종유석鐘乳石처럼 녹는다 한때의 애증이 가장
부드러운 소리를 내고, 그대는 본다,
그대의 괴로움이 낯선 집 지붕 위로 내려앉는 것을

―오래 머물러도 이곳이 낯선 것은
대체 그대 마음이 낯선 여관이기 때문이다

늙은 톰 아저씨의 오두막집

늙은 톰 아저씨는
병들어 군대에 가고
먼지 앉은 침대엔 앵무새 한 쌍
탁자엔 엎어진 물잔과 찌그러진 주전자

톰 아저씨는 목화를 따서
그의 꿈을 채웠고
더러운 내의內衣로 돛배를 만들었지만
고향은 멀고
멀고……
피부는 검고 마음씨 고운 톰 아저씨
몰매를 좋아했지만

늙은 톰 아저씨의 휘파람 소리
밤을 가른다
그의 이빨처럼 희디흰 길
끝에서 톰 아저씨,

새하얀 목화송이처럼 웃고 있다

헤수스 산체스의 쉰여섯 개의 슬픔

한 개의 삶과 한 개의 지게와 한 마리 나귀와
쉰여섯 마리 누이들 앞에

헤수스 산체스는 누워 있다

권투선수 헤수스
극장 암표상 헤수스
내기바둑의 명수 헤수스

콧구멍에 흐르는 피 냄새를 맡고 파리가 날아오고

헤수스 산체스,
찐 감자를 입에 물고
죽음의 나라 입구에서 가룟 유다와 함께

쥐약장수 헤수스
장물아비 헤수스

박포장기의 명수 헤수스

지금은,
착하고 예쁜 소녀의 잠에 흐르는 달디단
종소리 같은 것 듣고 있을까

아침에

아침에 그가 떠나겠다고 했다. 나는 죽을 정도로 슬펐다. 가지 말아요. 가면 죽을 거예요. 그는 말없이 고개를 저었다. 나는 부엌으로 들어가 입을 막고 울었다. 그가 부엌으로 따라 들어왔다. 괜찮아, 괜찮다니까 어차피 겪을 일인데. 그는 등 뒤에서 내 눈물을 닦아 주었다.

그는 속옷과 바지를 갈아입었고, 나는 비누와 수건을 챙겨주었다. 그는 문을 나서면서 나를 바라보았다. 나는 아무 말도 할 수 없었다. 그는 똑바로 걸어 나가 길모퉁이를 돌기 전에 다시 한번 뒤돌아보았다. 팽팽히 감긴 악기 줄 같은 것이 툭, 끊어졌다.

아내

새벽에 아프다고 해 일어나 보니 울고 있었다
뜬눈으로 밤을 새웠던 것이다
너는 내 손을 꼭 쥐고 진땀을 흘리고 있었다
괜찮아, 아침 먹고 병원에 가 보자 병원에서는
별 다른 얘기 없이 알약만 몇 개 내주었다
너무 기운 없어 너는 병원 앞 플라타너스 그늘
아래 주저앉았다. 쓰르라미 우는 푸른 하늘에
뭉게구름이 피어났다 너는 눈을 꼭 감고 거친
숨을 몰아쉬었다 이내 호흡이 끊어질 것 같았다

어머니

언제부턴가 어머니는
그곳에 앉아계셨다
너 때문이다
너는 소리 없이 울었다
별이 반짝이는 하늘은
꽃핀 라일락나무 같았다
너는 천천히 걸어 나왔다
어머니 슬퍼요
슬퍼서 못 견디겠어요
애를 낳을 것 같아요
어머니는 대답이 없었다
좋아요 나갈게요
내가 나가면 되잖아요
어디 가니?
죽으러요 죽으면 끝나잖아요
어머니는 잠자코 계셨다
한참을 가다가

너는 문득 뒤돌아보았다
어머니는 울고 계셨다
어머니! 하고 부르자
쿵 하는 소리가 들리고,
어머니는
볏짚단처럼 쓰러지셨다

유월절逾越節

수풀에 피가 묻어 있었다
나는 눈을 감고
수음手淫을 하기 시작했다
사람들이 막 웃었다
내 가슴팍이 벌어지고
구더기들이 쏟아져 나와
투표를 했다 대총통大總統이
뽑히셨다, 할렐루야!
사람들이 교회로 몰려갔다
성상聖像 가까이 거지 하나가 등을
긁다가 우러러 기도했다
그의 등에서 나온 구더기들이
성상으로 기어 올라갔다
구더기들을 치워 주십시오
—안 돼, 스스로 물러나기 전에는……
저 구더기들을 치워 주십시오, 제발!
—안 돼, 똑바로 봐, 보라니까!

성상은 흐느끼고 있었다, 할렐루야!

예비군

우리는 산으로 올라가 함께 수음手淫을 하였다 눅눅한
잡초 구렁 사이에서 푸른 냄새가 코를 찔렀다 멀리
동사무소에서 새마을노래가 흘러나왔다 인솔자가
호루라기를 불어 대도, 모두들 모자를 베고 잠들었다

곧 집합 신호가 울리고 해발 육백 미터를 넘어가는
길, 납작하게 내팽개쳐진 도성都城이 나타났다 산새가 울고
있었다 저기 가서 죽으리라, 말안장 같은 도성에서

내려오는 길에 몸뻬를 입은 부인네가 산길을 가로질러
갔다 턱수염과 뺑코가 농지거리를 하였다 하하하, 히히
신나게 그들이 여자를 벗기고, 벌려진 컴컴한 밑에서
꿀을 빨아 대며, 폭포에 머리 적시듯 고개를 흔들었다

저 사내들과 대거리 하리라 우리의 아버님이 지팡이를
휘둘러 취객들을 쫓고 누이를 후려 패는 동안, 우리는
죽지도 못하리라 우린 늘 그렇게 살아왔다. 그렇지 않은가?

토굴

아침부터 저녁까지 나는 이 컴컴한 굴 안에서 서성거린다 피 흘림은 멎은 지 오래지만 그날 나를 동댕이친 손을 나는 기억한다 내 눈엔 그것밖에 안 보인다 나는 서성거린다 확실히 굴 속은 아늑하다

배를 깔고 드러누워, 갑자기 닥친 추위에 둔하게 움직이는 파리 몇 마리를 본다 바람이 창을 두들기고, 가는 빗발이 유리에 부딪친다 나는 파리들의 둔하고 기운 없는 퍼레이드를 용서 못 한다 결코, 용서하지 않는다

상처! 라고 중얼거리며 나는 일어선다 노병老兵은 죽지 않는다, 결코! 쓰레기통이 발길에 챈다 한 번 더 걸어찬다 초인종이 끝없이 울린다 신문 배달하는 아이거나 야경비夜警費 받으러 온 방범대원일 것이다 상관없는 일이다 나는 굴속을 서성거린다, 먹이를 놓친 사냥개처럼

그리곤 제풀에 지쳐 드러눕는다 언제부터 나는 그리는 일을 중단했던가, 이 습기 찬 토굴 벽마다 속옷만 걸친 창녀들이 행인의 사타구니에 손을 집어넣고 히히닥거리는 모습이나, 늙고 뚱뚱한 사내가 열 살이나 될까 말까 한 여자애를 엎어

놓고 올라타는 모습을

나는 내 사타구니에 손을 집어넣고, 비명 지르는 여자애 위
에 올라타는 시늉을 해 본다 오늘은 왠지 좋은 그림이 그려질
듯하다

1982

마음의 굴절

얇은 스테인리스 강철 자ℝ처럼
쭉 펼쳐졌다 어이없이, 휙 꺾이는
마음의 굴절

사랑이라 불리는 것들의 슬픔으로
해는 지고 몸은 붓고 뱃가죽은 떨고
머릿속 콩은 콩 볶는 듯이 뛰는도다

큰 것은 슬프다

큰 것은 슬프다
큰 입과 손과 엉덩이는 슬프다
돼지 오줌통처럼 거대한
물렁물렁한 술집 여자의 유방은 슬프다

슬픔은 언제나 슬픔 자신보다 크고
슬픔은 슬픔 자신의 죽음보다 크고
슬퍼하는 우리의 죽음보다 크다

슬픔은 우리의 성기보다 크고,
슬픔 자신의 엉덩이보다 크고
인정머리 없는 우리의 희망보다 크다

유방이여, 거대한 나의 슬픔 앞에서
뚝뚝 눈물 흘려라
우유보다 진한, 모유 같은 정액을 흘려라

생일

1

생일날 아침 내 옆구리에
흐르는 피
이보게 젊은 친구, 이 피를 막을 수 있나

혼란의 와중에서 혼란의 끝으로 흐르는 피
수박 덩어리 벌건 속살과 검은 씨알 뒤엉킨 피
생일날, 내 옆구리는 서산 노을에
가로누워 피 흘리고,
명산대천 흐르는 피

이보게 젊은 친구, 이 피를 막을 수 있나
이보게 젊은 친구, 뚝을 쌓으면 되겠나,
무슨 뚝을 얼마나 높이 쌓아야 되겠나
이 피, 이 피…… 어쩌면 좋겠나

2

서른한 번째 내 생일날
나는 보았지 피가
내 눈, 코, 입에서 터져 나와
방과 마루를 적시고 길바닥을 적시고
버스 발판을 적시고
차장 아가씨 손과 얼굴을 적시고,
창피해 버스를 내려 회사로 가면,
정문 손잡이와 수위 아저씨 모자를
적시고 사무실 책상과 결제판을 적시고, 달려온
구급차와 들것의 시트와 응급의사 가운과 마스크를 적시고,
피가, 피가 병원 앞 플라타너스 나무 위로 올라가 지저귀는
　　새들을 적시고
내려와 다시 땅거미를 적시는데, 이보게, 젊은 친구!
이 피를, 피를…… 어찌하면 멈출 수 있겠나

어쩌면 그런 일이

아침 나무들 등 뒤로
변색한 잎새들이 공중에 멎어 있고,
손마디 사이사이 너도 작은 물방울 달고
젖은 길바닥을 내려다보고 있을 때,

가슴벽이 힘겨운 소리를 내며
조금씩 틀어지고,
웬 실성한 여인의 오랜 슬픔 같은 것이
두루마리 휴지처럼 풀려 나올 때,

너 어디 있었니, 너 어디 있었어,
이 몹쓸 것,
어디 가 있었어, 이 몹쓸 것아!
웬 미친 여인이 너를 보고 통곡할 것 같은 날에

가던 길 멈추고 너는
낮은 하늘을 바라다본다,

어쩌면 그런 일이 있었을지 몰라,
어쩌면, 그런 일이 있기라도 했을까?

때로 그것이

때로 그것이 우리의 뒷덜미를 친다
때로 그것이 유행가 후렴처럼 우리의
목을 껴안고 놓지를 않는다
때로 그것이 어머니처럼 다정하게 말을 걸고
때로 그것이 누이처럼 토라진다
때로 그것이 소 울음소리를 내고, 병든 양처럼 신음한다
때로 그것이 사탕을 사 달라고 조르고
때로 그것이 푸념하며 밥상을 걷어찬다
때로 그것이 눈물 흘리며 속옷을 벗기고
때로 그것이 곗돈을 떼먹고 줄행랑친다
때로 그것이 아버지 음성으로 고향을 묻고
때로 그것이 술이 떡 되도록 마시고 힘겹게 토한다

하늘에 계신 우리 아버지,
아버지의 울음이 거룩히 빛나시며
그 나라가 임하시며
오로지 혹은 더욱더 우리의 괴로움을

부채질하시고, 우리 죽을 때에
오래오래 혼수상태이게 하소서

치욕에 대하여

1

삽질, 생솔가지가 타고
끊임없는 삽질, 쏟아지며
웃는 흙, 입을 막고 웃는 흙
(잘못한 것 없어,
모함이야, 말할 수 있게 해 줘!)
삽질, 생솔가지가 타고
끊임없는 삽질, 곤두박히는
풀뿌리, 곤두박히는 위로의 말들
(소리 지르고 침 뱉고 울부짖고 버둥거리고 질금질금
오줌 싸고 게거품 물고 눈동자가 뒤틀려도 헛소리,
　　헛소리⋯⋯)
삽질, 삽질
끊임없는 삽질,
생솔가지가 타고

2

나는 묻는다 (대답하라, 누군가
듣고 있으면 대답하라)

한 줌 독약으로 더럽힌 샘이 한 모금,
따스한 입김으로 소생할 수 있는지 (대답해 다오,
파리 날개에 스치는 공기의 목소리로, 대답?)

나는 묻는다, 더럽힌 입으로 무얼 먹어야
더 오래 썩을지 (대답하라, 누군가, 입이 막혔으면
귀를 흔들어, 대답, 대답해 다오!)

3

아득한 곳에서 고름이 흐른다
나는 두 개의 눈과 한 개의 입을 가졌다
—더럽힌 풍경을 마시고 모독의 말을 쏟기엔 과부족

나의 사랑과 행동은 만장일치로 결정되었다
—언제나 나는 제외되었다
나의 말은 내 가슴에 꽂히고 나는 적을 그리워했다
—누이는 쓰레기통에 거꾸로 처박혔다

아득한 곳이여,
멀리 갈수록 이곳 같은 그곳이여,
나 이제 가면 흐르는 고름에 머리 감을 수 있을까

다방 나그네에서

저녁 여섯 시 나그네에서 만나자는 전갈이 왔다
십 분쯤 늦게 그곳에 갔을 때 나를 기다리는
사람은 없었다 물 잔을 내려놓고 가는 여인은
어디서 많이 본 듯했다 잔 속의 물이 식어 가고
있을 때, 흐르는 물소리가 금붕어 어항에서
들려왔다 잠시 후 나를 찾는 전화가 있었다
수화기를 들자 저쪽에서 아무 소리도 들리지
않았다 지직거리는 잡음 속에 희미하게 부서져
가는 목조 계단이 보였다 돌아와 자리에 앉자
손님들은 하나 둘 자리를 비우기 시작했다
물 잔을 가져 온 여인이 다시 와 무슨 말을
하려다 말고, 탁자 위 낡은 신문을 가리켰다
대정大正이나 소화昭和 몇 년의 국한문 혼용체
기사들, 다방 나그네의 나직한 햇살이 낮은
물소리와 함께, 빛바랜 글자들을 지우고 있었다

변경邊境에서

서산마루에 가라앉을 때 해는 열병에 걸린 아이처럼 뒤치락거리고, 그의 얼굴도 해를 따라 좌우로 흔들렸다 그의 가슴은 끓는 솥처럼 뜨거웠지만 뚜껑을 찾을 수 없었다 그는 누군가의 이름을 불러 보았지만, 아무도 듣지 않으리라는 것을 알고 있었다 그의 입에서 마른 웃음이 새어 나왔고 가슴은 또 걷잡을 수 없이 뛰었다

문득 그의 앞에 낯선 사람들이 둘러서 있었다 그는 그들에게 엎드려 절하고 싶었지만, 비굴하게 보일 것 같아 그만두었다 그들 중 한 사람의 눈은 빵처럼 크고 희었고 또 한 사람의 입술은 상치나 쑥갓처럼 푸르렀다 그들은 초등학생 옷을 입고 있었지만, 그들의 이마는 몹시 쭈그러지고 머리엔 갈대 같은 털이 나부꼈다

그는 벌떡 일어나 그들과 악수하고 싶었지만 일어서지 않았다 누구세요? 어디서 오셨어요? 그의 목소리가 높아지자 그들은 눈을 끔벅이며 다가왔지만 그의 말을 알아듣지 못하는 듯했다 그가 그들의 손을 잡고 심하게 흔들자, 그들은 소리 없이 나가떨어졌다 그는 더럭 겁이 났다 언제부턴가 그의 손

에 닿기만 하면 사람들은 사라졌다 그는 손으로 입을 틀어막
고 오래 울었다

예레미아 서書

야채시장이 서는 성문 가까이,
그 길로 들어서면 복자福者들의 노랫소리
낡은 유곽을 흔들고,
아비 없는 자식들 흙에 얼굴 묻고 울고

우물가엔 지아비 잃은 여인들,
그들의 울음소리가 신전의 붉은 녹과 같고,
눈앞의 땅 갈라져 입을 벌리더라

본향本鄕에서 가마를 타고 오는 나쁜 소식들,
한쪽 귀가 들은 것을 다른 쪽 귀가 알지 못하고,
애인들은 어두운 방안에서
가래 같은 정액을 핥는다.

이스라엘이여,
내 처녀의 성城은 영광을 잃었다
이스라엘이여, 이스라엘이여

나의 아들 아홉이 전진戰陣에 나가 돌아오지 않는다

그날 저녁

그날 저녁 그의 마음이 몹시 불안하여 의사를 데려오니
의사가 말하되, 병이 위중하니 오늘을 넘기기 어려울 듯,
서둘러 수의를 준비하고 처자와 권속들을 모으라 하니, 그의
누이들 눈물 훔치며 종종걸음 치고 그의 형제들 가슴을 치며
탄식하니, 가죽나무에 걸린 달이 힘없이 떨어지고 우물에선
심한 물결과 연기가 일어나고 밥솥에선 제사 향 진동하고
집 지키는 개가 마루 밑으로 들어가 처음 듣는 소리를
내지르니 그가 일가친척들을 불러 가로되, 내 마음이 심히
불안하여 오늘을 넘기기 어려울 듯, 너희는 나 죽은 후에
화목하게 살라, 하니 그의 아내가 기절하고 어린 아들과
딸들, 남종과 여종들도 옷을 쥐어뜯으며 통곡하더라

그날, 1987년 4월 27일

영원히 멎은 시계,

아아, 때때로 나는 죽고 말 것만 같아

아아, 나는 벌써 죽고 없는 것만 같아……

임종

복자福者여 해거름 나절에 내 너를 찾아가느니 어찌하여
내 몸이 불안하고, 문구멍 같은 눈으로 죄는 소리 없이
들어오는가 복자여 너 나를 해함이 이토록 크니 내 얼굴은
지붕 없는 집이요 바람 부는 사막이요 내 울음은 거꾸로
흐르는 물이니라 복자여 내 마음이 다시 또 불안하여
네 표정을 살피며 묻건대, 지금 사람의 아들은 어디 계신가
너 내 입을 틀어막고 가로되, 너의 불안에서 십리를 더 가
꽃 핀 나무와 꽃 진 나무들 사이로 들어가라 그러면 그를
보리라 그때 내가 몹시 떨며 가로되, 못 가겠다, 너 무슨
까닭에 나에게 이러는가 내 부모 날 낳을 때 음행淫行한 적 없고
나 또한 서슴지 않고 행악行惡한 적 없으니 오늘 내 괴로움은
내 잘못 결코 아니로다, 너 다시 내 입을 틀어막고 가로되,
어찌하여 아직 네 죄를 모르는가 너 오늘 이리 들떠 있음은
여태 네 아만我慢을 다스리지 못함이니, 오늘에 너의 권속과
족벌에 앙화殃禍 있을지어다, 앙화 있을지어다! 그 말에 다시
내 마음이 몹시 불안하여 술집으로 달려가 물 마시듯 술을
들이켜고 밀가루같이 보드라운 여자의 살을 만지고 돼지털같이

뻣뻣한 여자의 털을 부비다가, 다시 내 마음이 몹시 불안하고
갈라 터질 것만 같아 여관으로 가 일하는 할미를 불러 덮치고
일어나 가마를 타고 집에 돌아와, 웃고 울고 소리치다가……
저녁에 일가친척들을 불러 가로되, 내 마음이 몹시 불안하여
오늘밤을 넘기기 힘들 것이로다 너희는 나 죽은 후에도
화목하게 살라, 하니 다들 부둥켜안고 큰 울음 터뜨리더라

1983

명륜동에서

그 눈, 깊은 눈, 나는 삶에 죄졌다 십 년이 무엇을 부수고
무엇을 도려냈는가 하나의 눈동자가 세계를 부수고 남자와
여자를 부수고 동화 속으로 사라져 갔다, 그 깊은 눈······

흰 꽃 하나가 다른 꽃 위에 눕고 부채춤처럼 펼쳐진 그 아래,
삶은 율동 없는 춤으로 노래했다 잔잔하게 떠밀리는 물살이
흰 꽃들 뒤로 끝없이 이어졌다, 커다란 눈이 지켜보고 있었다

무엇인가, 십 년의 시간 속에 침몰하고서 아직 꿈틀거리는 것,
오늘의 들꽃을 바람에 떨게 하고 밤하늘을 푸르게 하는 것,
무엇인가, 춤추는 가수의 노래 속에 지금 노래하는 이것은

변절

아침에 구부린 내 상체가 방 안 깊숙이
긴 그림자를 드리울 때
나는 느낀다
모든 변절자들의 아픔을

머리카락 하나하나 가지런하고
그 너머로 우윳빛 먼지가 부유할 때
나는 느낀다
풀잎처럼 날카로운 변절자들의 아픔을

원인을 알 수 없는 죄로부터
한 생애가 곧은 줄무늬처럼 뻗어 나갈 때,
목구멍으로 솟구쳤다 다시 내려가는
가래 같은 것,

아침에 고장난 텔레비전 화면처럼
내 짧은 생애가 우윳빛 먼지 속을 배회할 때

나는 안다, 나만은 안다
언제 어디서 내가 변절했는지를

고양이

어느 날 정말 손바닥만 한
작은 고양이가 밥집 유리문 앞에
잠든 것을 보았다 한두 방울
비 뿌려 보도 블록을 적시고,
떼서리로 몰려드는 밥집
손님들 발에도 밟히지 않고,
번지는 빗방울처럼 작고 동그란
잠을 고양이는 자고 있었다,
어느 날 패인 무덤 구르는
돌멩이 아래 우리가 그러하듯이

파리떼

파리떼 파리떼 아기의 눈에 입에 파리떼
잠자는 어머니 가슴에 젖꼭지에 파리떼
밥상에 찌개에 신발에 사진틀에 파리떼
아구창에 부푼 종아리에 멍울 맺힌 가슴에 파리떼
꿈에 섹스에 파리떼 마지막 입맞춤에 피로에 파리떼
학문과 정의에 파리떼 심심산천 금수강산에 파리떼
이제와 우리 죽을 때 우리 죄인을 위해 기도하는 파리떼
그 눈이 맑은 물 같고 그 입이 부드러운 해면 같은 파리떼
우리 얼굴을 혀로 핥고 가볍게 똥칠하는 파리떼
우리 몸을 물고 빨고 핥다가 지쳐 잠드는 파리떼
먼저 깨서 장난치는 파리떼 실험하는 파리떼
연설하는 파리떼 설득하는 파리떼 웃통 벗는 파리떼
치고받는 파리떼 똥통에 빠지는 파리떼
기어 나와 다시 올라타는 파리떼
헉헉, 몸 구르며 할딱거리는 파리떼
신문지 위에, 텔레비전 위에 무게 잡는 파리떼
인자한 파리떼 효도하는 파리떼 눈물짓는 파리떼

골프 치는 파리떼 설교하는 파리떼 내복 속의 파리떼
내복 벗는 파리떼, 복되도다 복되도다
이 성찬에 초대받은 이는 영원히 복되도다

선풍기

한여름 푹푹 찌는 찜통 같은 날 팥죽처럼 흘러내리는 땀을
손바닥으로 훔치며 선풍기 바람을 쐬어 본 사람은 안다,
그건 바람이 아니라 끈끈한 불덩어리임을

최고속으로 돌려도 모자라 웃통 벗어젖히고,
날개 바싹 당겨 놓고 온몸과 머리가 멍멍하도록
바람을 맞으면, 맞을수록 하루 버티기가 장난이 아님을

바람 한 점 없는 창밖을 내다보면 기우는 벽에
금이 가듯 소름 쭉쭉 끼치고, 열기와 질식의 접점에서
활활 달아오르는 몸과 두터운 아마포처럼 감기는 바람은
어묵처럼 엉겨 붙어 떨어지지 않는다

바람처럼 불어 대지만 바람이 아닌 불덩어리와
바람이 아닌 줄 알면서도 막무가내로 달라붙는 몸은
느닷없이 퓨즈가 나가고 매캐한 냄새가
코를 찌르기 전에는 나가떨어지지 않는다

뜨거운 대가리를 뒤로 한 채
선풍기는 돌아간다, 사정없이 돌아간다

아이를 안고

아이를 안고 무덤들 사이로 걸어가면 저녁이 깊어
풀과 나무들 어둡고, 우리 오래 거기 있어도 나오라는
사람 없었다 내가 휘파람 불면 아이가 휘휘 흉내 내고
그러다 보면 숲이 어두워져 빽빽한 나무들 사이 길이
안 보이고 아이가 내려 달라 보채면 나는 내려놓는다
부풀은 무덤들 사이 아들이 나를 불러 내가 숨으면
아들도 나도 이 세상에 없는 것 같다 우리가 언제 적
사람인가 무덤들 사이로 내가 다시 얼굴 내어 밀면
아이는 자지러지게 웃는다 사랑하는 아들아, 내 언제
너를 볼 건가 풀벌레 울고 날이 어두워 길도 버리고
산을 내려오면 아이는 혼곤히 잠들어 있다 아들아,
내 아들아 그립고 그리운 무덤 건너 너 깊이 자거라

노파들

노파들, 건어물 시장 앞에서 버스를 탈 때부터 나는
그들을 알아보았다 비린내 진동하는 방티를 이고
차장의 성화에는 아랑곳없이 기걸 들린 잡귀처럼
올라타던 그들, 올라서는 비좁은 차 안을 밀고 들어와
방티 위에 타고 앉아 꾸벅꾸벅 조는 그들, 이따금
잠이 깨면 허리춤에 쑤셔 넣은 꽁초를 꺼내 물고
악취 진동하는 연기를 내뿜지만, 행여 빈자리라도
생기면 고래고래 소리 질러 일행을 불러 모으는
그들, 방티 속에 포개 놓은 생선들처럼 그들이
깊은 잠에 빠질 때 안심하고 나는 물어본다, 삶이
얼마나 비리기에 아직도 그들 몸에서 생선 냄새가
나는가 어째서 그들 옆구리는 복개 안 된 시궁창처럼
맨살이 드러나는가 그들 자식들은 무얼 하고 있는가
그들은 지금 자식 공부 안 시킨 죗값이라도 하는가
무슨 수로 자식 공부를 시켰을 것인가, 수백 가지
의문에 휩싸여 나는 차비도 안 주고 내릴 뻔하였다

외식

범어동 샘 불고기 식당에는 사내아이 둘과 계집애 하나를
데리고 나와 불고기를 시켜 먹는 부부가 있다 아이들은
정신없이 주워 먹고 젊은 부부는 키득키득 웃으며 고기를
잘라 준다 이 아이들이 자라 제 자식들에게 불고기를
시켜 줄 무렵이면, 젊은 부부는 이미 세상을 떠났거나
너무 허리 굽어 기동을 못 할지 모른다 혹시 그들 중
하나가 먼저 세상 떠나고, 남은 하나가 아들 며느리와
손주들 따라 이 식당에 다시 올지도 모른다 그때쯤이면
지금 구워 먹는 소의 손주뻘 되는 소가 불판에 올려질
것이고, 또 아이들은 정신없이 주워 먹다가 배부를 대로
부르면 신나게 식당 안을 뛰어다닐지 모른다 아이들은
자라 어른이 되고 어른은 늙어 세상을 떠나지만 그을린
불판은 뜨거운 물에 오래 불려야 간신히 씻길 것이다
흐린 일요일 한낮, 정다운 가족들의 외식은 얼마나 쉽게
끝나는가 불판이 꺼멓게 타고 과일이 나올 때쯤이면
배부른 아이들은 방바닥에 드러눕고 내일이면 아무도
이 외식을 기억하지 않는다 그럼 누가 기억할 것인가

신혼여행

갑자기 거리에 빙판이 지고 현수막이 속옷처럼 찢겨
하늘 한복판에 엉거주춤 날지도 솟구치지도 못하고,
아이들의 벌건 볼이 후지사과처럼 턱턱 갈라지는 오후,
지방도시 왜정시대 역사驛舍의 녹슨 칸막이를 빠져나가는
신혼부부들, 그들은 누가 봐도 표가 난다. 신랑은 산 지
얼마 안 되는 번질번질한 구두에 새로 해 입은 감색
양복, 거친 손등과 그을은 얼굴엔 어울리지 않는 새하얀
와이셔츠와 빨간 넥타이, 예식에 끼었던 장갑은 그대로다.

흰 바탕에 붉은 공작이 수놓인 뉴똥 치마저고리에 아직도
머리에 꽃을 꽂은 신부는 어색하게, 때로는 익숙하게 신랑의
팔을 끼고 걸음을 재촉하면서, 간혹 떨구었던 고개를 들어
부끄러움과 어색함을 모면하려 한다. 그들 뒤로 배웅 나온
신랑 친구들은 건투를 빈다고 고래고래 소리 지르거나,
신부 친구들에게 수작을 걸기도 하지만, 들은 척도 않는
처녀들은 한데 모여 시시닥거리거나 눈가를 훔치기도 한다.

기차를 기다리며 그들은 몹시 춥다. 신랑의 넥타이가 바람에
날려 뒷거죽을 하늘로 쳐들고, 구겨진 신부의 치마가 뻣뻣한
빨래처럼 시멘트 바닥 먼지를 쓸어 댈 때 그들은 그들 앞에
놓여 있는 옷가방처럼 말이 없다. 그때, 신부는 무슨 생각을
하는 것일까. 강물에 떠내려가는 표류물처럼 빠르고 거친
날들 위로 넘실거리며 다가오는 것은 막연한 불안일지
모른다. 혹은 아직도 눈물 젖은 눈으로 말없이 바라보는
어머니나 유난히 장난이 심한 철부지 동생들일지 모른다.

기차 안은 덥고 공기가 탁하다. 옆자리 손님들은 무슨
원숭이 새끼라도 본 듯 힐끔거리며 저마다 한 마디씩
수군거리고, 이내 잠들거나 열심히 껌을 씹는다. 마침내
아무도 그들에게 관심 두지 않을 때 신부는 신랑의 손을
꼭 잡고 빤히 쳐다본다. 정말 자기가 좋은지, 정말 자기가
좋아서 결혼했는지 확인하고 싶어서일 것이다. 신랑은 말이
없다. 신랑은 피곤하다. 몇 번 꾸벅거리다 신부의 어깨에 기대
잠이 들고, 잠시 후 물건 파는 사람이 지나갈 때 신부는

모기소리만 하게 묻는다. 아저씨, 마른 오징어는 없어요?

겨울 고스톱

연초에 시 쓰는 선배 집에서 고스톱 치고 나오던 밤 한 시,
하늘은 말할 수 없이 푸르고 대숲에 이는 바람에 전신을 떨며
우리 한 마디씩 욕설을 내뱉을 때 하늘의 별들은 오 미터,
십 미터씩 떨어져 내리기도 하고, 길가 불 켜진 집에선 선잠
깬 아이가 몹시 울었다 유령처럼 지나가는 빈 택시를 세우지
않고 가로등 없는 길을 따라 얼마나 걸었을까 옅은 술기운에
누군가 진흙창에 빠져 낭패한 소리를 지르고, 키득거리며 우리
뒤따라갈 때 행복했던가 밤 한 시 밀린 졸음에, 실패한 시詩에
생각만 해도 답답한 내일에 아직은 심각해질 때가 아니라고
다짐하지만, 턱수염처럼 성큼성큼 자라는 나이와 별 볼일 없는
내일은 길옆 전신주보다 확실했던가 우리 가운데 나이 어린
박朴은 뒤늦게 얻어 걸린 성병 때문에 고양이처럼 암팡진
아내에게 겁먹고 있고, 신문사에 다니는 송宋은 밀린 부채와
여동생 결혼 준비에 골머리를 앓고 있지만, 돌아보면 그만한
걱정들은 화투장 뒤집을 때의 긴장과 초조, 뒤따라오는
실망보다 사소한 것이었다 이제는 뒤집어진 화투장처럼
난감할 이유도 없이 우리 말없이 밤길 갈 때, 못가 버들은

건성 잎 없는 팔을 흔들고, 한 치 한 치 더 깊이 우울은
오바 속으로 고개를 들이밀었다 잃기만 하는 화투판에서도
구석진 사무실 책상 앞에서도 서툰 노름꾼이었던 우리 앞에
소리 없이 빈 택시가 멎고, 성깔 있는 기사가 한 옥타브 높은
목청으로 소리치면, 우리는 밀린 걱정도 처자도 내버려두고
차를 집어타고 어디론가 떠날 수도 있었을 것이다, 거짓말처럼

목욕

산은 흰 눈에 덮여 흐린 하늘 뒤로 물러서서
구겨지며 그 자리에 멎어 있었다 산의 푸른빛과
눈의 흰빛이 섞이다가 멎은 상태로 아침이 오고
그 산 아래 얼어붙은 물명태 방티를 이고 가는
여인의 눈빛도 그런 빛이었다 오래전 희망도
약속도 없이 저녁이 가고 아침이 오고 성에 낀
창으로 바라보는 풍경처럼 변화도 움직임도
없는 마을에, 잡종개가 힘없이 고개를 젓는 만큼
무료하게 날씨도 멎어 있었다 나는 수건과 비누를
싸 들고 동네 사우나탕에 목욕 가는 길이었다

언제부턴가 목욕하는 재미를 알게 된 나는,
김 서린 탕 안에 들었다가 찬물 속으로 뛰어들고
서늘한 욕실 바닥에 나른한 다리를 쭉 뻗고 눕는
법열法悅을 맛보며 몇 시간이고 즐겁게 지낼 수 있게
되었다 물론 잠깐잠깐 사우나탕에도 들어간다
탕 안에 붙어 있는 안내판을 보면, 사우나의 기원은

핀란드라고 한다 혹한의 삼림 속에서 하루 종일
벌채를 하다가 집에 돌아와 따끈한 훈기 속에서
고된 하루를 잊는다는 것은 얼마나 즐거운 일일까
하는 일 없는 나도 사우나의 즐거움을 알게 되었다
더욱이 열기로 달아오른 몸에 가운을 걸치고 주스를
마시며 비디오를 보는 기쁨은 무엇으로 다 말할까

목욕이 끝난 다음 건물 문을 나서면 얼굴과 목에
스치는 차가운 공기는 기분을 좋게 한다 근처
새로 생긴 한식집에서 풍겨 오는 갈비 굽는 냄새는
구미를 돋운다 날은 이미 많이 어두워져 눈 덮인
산은 더욱 흐릿해지고 병풍처럼 가까이 앞길을
가로막는다 당혹스럽다! 저 산이 두려워진다
나태와 안일을 넘어 준엄한 계율처럼 가로놓인 산에
아직도 석가모니와 제자들이 박박 민 머리를 빳빳이
세우고 참선하고 있을지 모른다 가족과 안정을
버리고 그들이 애써 구하는 것이 무엇이든 나는

다만 저 산이 두렵다 수많은 세월을 넘어 준엄한
숙명처럼 가로놓인 산, 높디높은 산의 처절한
굽이굽이는 쉽사리 나의 눈길을 꺾어 버리고 만다
아무리 때를 밀고 온몸을 청소해도 가로누운
저 산의 섬찟한 임재臨在 앞에선 가소로운 일!

산에서 간담을 서늘하게 하는 바람이 불어 오면
나는 불빛이 그립고 따뜻함이 그리워, 이제 갓
돌 지난 아들이 반기는 집으로 걸음을 재촉한다

청명

청명날 누런 광목 차일 아래
쓸쓸한 사내들이 술을 마셨다
옛님은 가고 새님은 오지 않았다
사내들은 거기에 대해 함구했다
일대―ft에 누를 끼치지 않기 위해서였다
대신 시와 그림에 대해 이야기했다
어디선가 참매미가 울고, 일렁이는
물살 위로 빨리 조각배가 지나갔다
사내들의 가슴은 견디다 못해
출렁거리기 시작했고 그들 뒤로
흰 뭉게구름이 일어났다, 갑자기
한 사내가 칼을 뽑아 친구를 향해
휘두르다가 단숨에 그의 목을 쳤다
떨어진 모가지에서 피가 흘렀다
피는 곧 소리 없이 사라지고 다시
사내들은 시와 그림 얘기를 했다
누구도 목 잘린 친구에 대해

말하지 않았다 해거름이 지자
사내들은 차일을 걷고 떠나갔다
청명날 그런 일이 있었다

수난

아침에 그가 오는 줄 알았다 오지 않았다 이불을 개고 창을 열었다 폭음을 일으키며 비행기가 지나갔다 어머니 오늘도 오지 않네요
—뭐 말이냐, 신문?

열이 내리는 오후, 집을 나섰다 풀 냄새가 물씬 풍겨 오고 먼 데서 비명소리가 들려왔다 사람들이 그를 묶어 놓고 망치로 치고 있었다
—어머니, 저 사람들을 쫓아 주세요

어쩔 도리가 없었다 나도 그들과 함께 그를 돌로 치고 있었다
—나는 그의 죽으심과 부활하심을 굳세게 믿나이다

집에 돌아오니, 어머니가 피 묻은 그의 몸을 씻기고 있었다
—고기 한 근 사 왔다, 네가 너무 허약해서

처음엔 먹지 않았다 어머니 걱정 때문에 할 수 없이 먹었다

입 안에 피 냄새가 가득했다

—나는 그의 죽으심과 부활하심을 굳세게, 굳세게 믿나이다

그 여름의 끝

동원되어 간 새들은 돌아오지 않았다 조용히 밥이 식고 있었다 너는 숟가락을 집어 창밖으로 던졌다 어머니는 아무 말도 않으셨다 어디 가니? 아무 데도요 어디가? 아무 데도요

교회로 들어갔다 성상聖像은 마을금고 이사장의 씨를 배어 배가 몹시 불렀다 아이가 태어나면 세상을 씻기리라 너는 기도했다 그분은 미혼모의 탯줄 끝에서 울고 계셨지 너는 문제를 크게 일으켜서는 안 된다고 다짐했다

길가에서 콜라를 마시며 엽서를 썼다 멀리 갈 겁니다 옷가지는 도로 부쳐 드리지요 기다리지 마세요 예비군 통지가 나오더라도 걱정하지 마세요, 불효자 올림

새로 칠한 은행 건물에 날아간 새들의 발자국이 찍혀 있었다 어디선가 지친 날개로 땅을 치는 소리가 들리고, 좌심방과 우심실 사이 격벽이 서서히 내려앉았다

조용히 너는 집으로 돌아가고 있었다 주머니를 뒤져 고기 한
근을 사 들고 병든 어머니 곁으로 다가갔다 비 온 뒤라 진흙
이 마구 튀어 올랐다

화해한 다음엔 늘 동생과 함께 탁구를 치곤 했더랬지

1985

환청 일기

내 집 바깥에 기억처럼 무성한 풀이여
칼 모양의, 톱 모양의 잎들은 흔들리지 않는다

갉아먹고 배설하고,
쏟아지는 햇빛 속에 꿈쩍 않는 풀이여

잠적하지 않는 것은 꿈이 아니어도
자라나고 시드는 것은 얼마나 거친 잠인가

밤마다 나는 거친 풀들이
그대 향해 머리 들고
푸른 갈기를 흔드는 것을 본다

오늘 오후에

오늘 오후에 열리는 내 인생의 깊이
아내와 두 아들과 일하는 아줌마의
안쓰러운 눈길이 열어 주는 깊이
내 늙은 부모가 웃으며 잠기는 깊이

오늘 오후에 열리는 내 인생의 깊이
바람은 색색들이 옷을 입고 빨리
지나가고, 아직 오지 않는 것들은
어디서 옷 갈아입는지 모른다

오늘 오후에 열리는 내 인생의 깊이
어디서 이 안도의 설렘은 오는 걸까
아무리 가까워도 껴안을 수 없는 깊이
아무리 껴안아도 입 맞출 수 없는 깊이

소설

소설에서 나는 더 많은 수업을 쌓았다
소설 속에서는 언제나
이길 수 없는 바람이 불었다
나는 바람이 아이들의 약한 턱을 흔들고
비애의 꿈자리를 흔들고
저 혼자 머물다 사라지는 것을 보았다
소설 속에서 우리는 모두 싸우고 있었다
우리의 등때기에 내리는 햇살이나
햇살에 이슬 섞어 먹는 들국화나
각기 다른 경계에서 힘들어하고 있었다
그 모두가 소설의 주역이었고
신비로울 만큼 상투적이었다
그 모두가 이길 수 없는 바람 속에서
살아남은 것들이었다
나뭇잎에 매달린 빗방울 같은,
투명한 눈물방울 같은……
소설 속에서 싸우는 것들을 나는 사랑했다

꽃피는 아들

1

시절이 슬퍼 강은 산속으로 숨어 흘렀다 동굴 속 어린 메아리
　가
물방울처럼 떨어지고 흐린 날이면 담비들이 내려와 그의 꿈
　속에 코를
비볐다 아무도 돌보지 않는 나라의 변경에 고요히, 쇠파리가
　끓었다

날고기를 먹은 아이들이 딱정벌레처럼 높은 나뭇가지 위로
　올라가고
대낮부터 벌겋게 취한 사내들은 한 덩어리 토사물 옆에 편히
　잠들었다

심장의 판막이 벗겨지고 그의 그리움은 고요히 끓는 무쇠솥
　주위를 맴돌았다
완강한 무쇠솥, 끓는 물 위로 해가 지고 해가 뜨는 평화로운
　날들이었다

2

여름이 가고 그에겐 쇠붙이 같은 그리움이 남았다 여러 번 그
　는
지나가는 사람들을 잡고 그의 어머니를 보았느냐고 물었다
　그가
헛짚을 때마다 사람들은 절벽이었다 마침내 그는 뒷걸음질
　로
절벽을 내려가기 시작했다

그의 그리움이 떠도는 변두리에는 검푸른 연잎이 허리를 덮
　고,
팔뚝보다 굵은 연뿌리가 목구멍으로 치솟았다 보이지 않는
　낙토樂土를
향해 노인들의 허리는 구부러지고, 지난 겨울 쌓아 둔 철근
　더미
위에서 아이들은 물구나무섰다

언제부턴가 그는 악몽 속에서도 그리워하는 법을 배웠다
퇴화하면서도 그는 바소쿠리처럼 벙그는 연꽃을 잊지 않았
　다
깨진 소주병 같은 희망이 비포장도로 군데군데 숨을 죽였다

꽃피는 어머니

1

세리稅吏들아, 내 아들의 입을 막아라 세리들아, 세리들아, 내
　아들의 입을 막기 전에
새들과 짐승들의 입을 막고, 나뭇잎의 숨구멍, 땀구멍을 막
　아라 너희 중
하나가 막은 다음, 다른 하나가 한 번 더 막고 다른 하나가 또
　한 번 막아라
개칠을 하라, 개칠을 또 하고 더 많은 개칠을 하라 그런데 세
　리들아, 지금 너희가
애쓰는 모습을 너희가 잠깐 보았으면! 그게 힘들면 너희끼리
　마주보기라도 했으면!
우습지 않느냐, 세리들아, 정말 우습지 않느냐, 그런데 왜 내
　가 이리 부끄러운지……

2

어머니, 오늘은 두 눈에 흙칠을 하고 벚나무 뒤에 숨어도 긴
　여름날의

해는 지지 않고, 풍화하는 회벽에 걸려 있고, 달리는 버스 창
　유리에 작열하고

어머니, 당신이 낳은 아들 가운데 하나는 닫힌 철문을 주먹
　으로 찧어

피 흐릅니다 언제나 옳은 것은 그들이지요 언젠가 닫힌 철문
　은 기억하겠지요

어머니, 오늘 우리 머리 위에 망치로 못질하는 여름은 머지
　않아 갈 것입니다

오늘 우리가 피 흐르는 손가락으로 파내고 파내어도 다하지
　않는 붉은 진흙을

밟고 저들의 여름은 지나가고 있습니다 저녁 여덟 시 일당 사
　천오백 원으로

돌아오시는 어머니, 당신을 뒤따르는 긴긴 여름 해 아직은
　지지 않고 불덩어리,

열熱 덩어리 타올라 공중에 긴 꼬리별이 됩니다 어머니, 이제
　그만 내려오세요!

중년*

1

내 겨드랑이로 노래 부르던 시절, 대낮에 별들과 취하고 돌
　아와 개들과 자던 잠, 나뭇잎 들칠 때마다 여자들은 고운
　목선을 보여 주었지 그 여자들, 지금은 돌 속에서 화장하
　고 있을까
지금 마흔 넘어 공부 안 하고 시 안 쓰고 얼굴 늙고 손도 늙고
　거울 속 내가 나를 알아보지 못하네 내 알던 사람들 상처
　많이 받고 떠나고, 그래도 난봉질은 끊고 싶지 않아, 오래
　즐거워라 중년!
점심 배불리 먹고 혼자 산보하는 길, 가는 빗방울 우산 때리
　는 소리, 늙어 쪼그라든 심장을 바늘뜸 한다

2

한 사흘 지나도록 꽃들 거기 피어 있거라 지나가던 사람들 저
　게 웬 혹인가, 한 번쯤 생각하도록
웬 고름, 웬 슬픔, 웬 이물질…… 그런 것들 히히 백치 웃음
　웃으며 걸어 나오도록 꽃들, 제 아름다움

혼자 자랑하도록 내버려 두어라 우린 잠자면서 늙고 똥 누면
서 늙고 엉거주춤 서서 늙는다 작정하지 않고
눈 부릅뜨지 않아도 늙는다 꽃들 제 꿈속에서 몽정하도록 내
버려 두어라 꽃들, 제 언제까지 아름다울지 두고 볼까?

* 1993년작

이성복李晟馥은 1952년 경북 상주에서 태어나 서울대 불문과와
동 대학원을 졸업했다. 1977년 시 「정든 유곽에서」를 계간
『문학과 지성』에 발표하며 등단했다. 시집으로 『뒹구는 돌은
언제 잠 깨는가』 『남해 금산』 『그 여름의 끝』 『호랑가시나무의
기억』 『아, 입이 없는 것들』 『달의 이마에는 물결무늬 자국』
『래여애반다라』 등이 있으며, 산문집으로 『네 고통은 나뭇잎
하나 푸르게 하지 못한다』 『나는 왜 비에 젖은 석류 꽃잎에 대해
아무 말도 못 했는가』 『오름 오르다』 『타오르는 물』 『프루스트와
지드에서의 사랑이라는 환상』 등이 있다.

어둠 속의 시
1976-1985

이성복 시집

초판1쇄 발행 2014년 9월 20일 **초판2쇄 발행** 2015년 7월 1일
발행인 李起雄 **발행처** 悅話堂
경기도 파주시 광인사길 25(문발동 520-10) 파주출판도시
전화 031-955-7000, 팩스 031-955-7010
www.youlhwadang.co.kr yhdp@youlhwadang.co.kr
등록번호 제10-74호 **등록일자** 1971년 7월 2일
편집 조윤형 박미 **디자인** 공미경 **인쇄 제책** (주)상지사피앤비

*값은 뒤표지에 있습니다.

ISBN 978-89-301-0470-8 03810

Poetry in Darkness: 1976-1985 ⓒ 2014 by Lee Seongbok.
Published by Youlhwadang Publishers. Printed in Korea.

이 도서의 국립중앙도서관 출판시도서목록(CIP)은
e-CIP 홈페이지(http://www.nl.go.kr/ecip)에서 이용하실 수 있습니다.
(CIP제어번호: CIP2014024726)